AF545459

Tanja Wenz

TEAM BLUE – DIE WELTENDETEKTIVE

Das Geheimnis im See

TANJA WENZ

TEAM BLUE

DIE WELTEN-DETEKTIVE

BAND 2

DAS GEHEIMNIS IM SEE

neukirchener

»IM HAFEN SIND SCHIFFE AM BESTEN AUFGEHOBEN, ABER DAFÜR HAT MAN SIE NICHT GEBAUT.«

-unbekannt-

INHALT

TEAM BLUE

DIE WELTEN-DETEKTIVE

ZOE

ist die heimliche Anführerin der Freunde. Ihre Mutter lebt nicht mehr. Ihr Vater ist Archäologe und öfter auf Forschungsreisen. Deshalb lebt seine Tochter bei den Großeltern. Zoe ist mutig, sportlich und impulsiv, aber manchmal etwas zu draufgängerisch. Sie ist sehr tierlieb und nimmt ihre Siamkatze Blue mit auf Reisen.

MERLE

ist tierlieb, besonnen, ruhig und ausgeglichen. Für Sport kann sie sich nicht so begeistern. Sie ist zum Leidwesen ihrer Freunde sehr vergesslich. Ungerechtigkeit bringt sie auf die Palme. Ihr großes Vorbild ist Jesus.

RICARDO

ist sehr wissbegierig und kann sich auch die kleinsten Dinge merken. Kyra bringt ihn so manches Mal an den Rand der Verzweiflung, und er ist froh, dass Merle mit ihrer ausgleichenden Art angespannte Situationen stets entschärfen kann. Ricardo stottert, wenn er aufgeregt ist.

BLUE

ist eine sehr menschenbezogene Siamkatze, die von Zoe auf jede Reise ins Ausland mitgenommen wird. Sie hat einen super Orientierungssinn und hat die Freunde schon des Öfteren aus einer kniffligen Situation gerettet. Blue reist im Flugzeug natürlich in der Kabine und in einem speziellen Katzenrucksack.

DR. GREGOR BALTER

ist der Vater von Zoe, Archäologe und alleinerziehend, deshalb lebt Zoe bei ihren Großeltern, wenn er auf Reisen ist. Gregor ist unglaublich neugierig, trägt lieber Jeans und T-Shirt als Anzug und Krawatte und hört unglaublich gerne laute Musik im Auto.

KYRA

ist die Cousine von Zoe. Sie ist verwöhnt, altklug und muss zu allem ungefragt ihre Meinung sagen. Zu dem Leidwesen der Freunde ist sie manchmal bei den Ausgrabungen dabei.

KAPITEL 1

DIE GRÜNE INSEL

»Also, die Fähre nach La Palma zu nehmen, ist ja schon eine außergewöhnliche Idee«, stellte Ricardo fest.

»Wäre dem Herrn ein Direktflug von Frankfurt lieber gewesen?«, stichelte Zoe.

Merle kicherte.

Die Freunde standen an Deck einer großen Autofähre und blickten auf die Weite des Atlantiks. Sie waren auf dem Weg auf die Kanareninsel La Palma. Zugegeben, normalerweise nahm man da eher das Flugzeug, aber Tom, ein Mitarbeiter von Zoes Vater, hatte Bekannte in Deutschland besucht und die drei Freunde dann mit seinem Landrover abgeholt. Sie hatten eine lustige Autofahrt über Frankreich nach Spanien gehabt. Genauer gesagt nach Cádiz, einer der ältesten Städte in Europa. Die richtige Fähre auf die Kanarischen Inseln zu finden, war dank Tom ein Kinderspiel gewesen. Sie hatten zwei Kabinen, eine für Tom und eine für die Freunde und Zoes Katze Blue. Nun standen sie auf dem Deck am Heck der Fähre und blickten der weißen Spur im Fahrwasser hinterher. Millionen von kleinen Luftbläschen wurden durch die Schiffsschrauben gebildet und verloren sich langsam in der Ferne, genauso wie das Festland, das nur noch verschwommen auszumachen war. Einige Möwen flogen tief über das große Schiff und ließen ihre typischen Rufe hören. Blue, die wie so oft in einem speziellen Katzenrucksack vor Zoes Bauch saß, hielt ihren kleinen Kopf in den Wind und stellte die Ohren bei den vielen unterschiedlichen Geräuschen um sie herum auf.

Mit wackeligen Knien drehte Ricardo sich um und ächzte: »Ich muss mal kurz ...«

»Soll ich mitkommen?«, fragte Merle.

»Ne, danke, es geht schon.«

Zoe blickte zu Merle und nickte.

»Ich komme trotzdem mit.« Merle war erstaunt, dass Ricardo ihr nicht widersprach, aber daran konnte man mal sehen, wie übel ihm war. Die Atlantikdünung hatte schon vielen Menschen den Magen umgedreht. Sicher, das Geschaukel hielt sich auf einem so großen Schiff in Grenzen, aber trotzdem war das Schwanken unter den Fußsohlen gut zu spüren. Zum Glück ließ der Wind merklich nach und der Kapitän der Fähre hatte schon über Lautsprecher mitteilen lassen, dass die Wellen weniger und vor allem sanfter werden würden. Für Ricardo bedeutete weniger Wellengang auch weniger Übelkeit.

Zoe blieb an Deck stehen und hing ihren Gedanken nach. Sie freute sich schon sehr auf ihren Vater. Dr. Balter leitete eine archäologische Forschungsstelle auf La Palma. Die Reise nach La Palma war relativ kurzfristig beschlossen worden, da ihr Vater diesen Auftrag erst vor Kurzem übernommen hatte. Die Kanaren waren für ihre Petroglyphen, also ihre Felszritzzeichnungen bekannt, die die Ureinwohner dort hinterlassen hatten. Diese Felsenbilder wurden zumeist nicht mit Farbe aufgemalt, sondern mit spitzen Gegenständen in den Felsen hineingeritzt. Man sollte meinen, dass im Laufe der Jahre wirklich alle Zeichnungen gefunden worden waren, aber dem war nicht so. Ein verirrter Wanderer war auf eine ganze Reihe neuer und bis dahin unbekannter Felsenbilder gestoßen. Das war eine kleine Sensation, und die Forschung wollte dem nachgehen, denn neben den bekannten Spiralen waren diesmal auch ganz neuartige Felsenbilder darunter. Zoe schüttelte den Kopf. Sie verstand immer noch nicht, was daran so besonders sein sollte, aber ihr Vater war ganz aus dem Häuschen gewesen.

Lautes Rufen holte Zoe aus ihren Gedanken.

»Delfine«, rief ein Kind voller Freude.« Da vorne sind Delfine.«

Zoe reckte den Hals, denn das wollte sie sich nicht entgehen lassen. Sie lief an die Reling der Fähre und blickte auf das Wasser hinunter. Tatsächlich, da waren Delfine. Aber nicht nur ein oder zwei, nein eine ganze Delfinschule folgte der Fähre.

»Sieht schon ziemlich cool aus«, fand Merle, die plötzlich mit Ricardo im Schlepptau neben Zoe auftauchte.

Ricardo nickte, und Zoe bemerkte, dass seine Wangen wieder etwas Farbe bekommen hatten. Sie strahlte über das ganze Gesicht. »Leute, das werden ganz tolle Ferien.«

»Ja, und Gott wird uns auf jedem unserer Schritte begleiten, ist das nicht wunderschön?« Merle griff nach den Händen ihrer Freunde und drückte sie heftig vor Freude.

»Meint ihr«, fragte Zoe, »meint ihr, dass wir vielleicht auch wieder ein Abenteuer erleben werden?«

»Ich hätte nichts dagegen, wenn das *Team Blue* wieder zum Einsatz käme.« Ricardo rieb sich voller Tatendrang grinsend die Hände.

Merle war sich da nicht ganz so sicher. »Ferien ohne Abenteuer sind aber sicher auch ganz nett.«

Ricardo verdrehte die Augen, sagte aber nichts.

»Also ich hätte auch nichts gegen ein neues Abenteuer, immerhin war unser Team in Japan doch sehr erfolgreich«, war Zoes Meinung.

Eigentlich waren sie damals nur für einen Urlaub nach Japan geflogen, aber kaum dort angekommen, waren sie in ein Abenteuer eingetaucht, das sie so schnell nicht vergessen würden. Immerhin hatten sie dabei geholfen, die Schätze eines Kaisers zu retten! Da

Zoes Katze Blue dabei auch einen entscheidenden Anteil gehabt hatte, hatten sie sich *Team Blue* genannt.

»Schauen wir mal«, sagte Zoe und stupste Merle sanft in die Seite.

Die restliche Fährfahrt verging wie im Flug, und da Ricardo bald nicht mehr übel war, konnte auch er die Fahrt genießen. Von Tom sahen sie nicht allzu viel, er verschlief den größten Teil des Tages in seiner Kabine.

»Ich schlafe schon mal vor, wenn ich erst auf La Palma bin, wird das anders werden«, war sein Kommentar.

Als über Lautsprecher durchgegeben wurde, dass sie sich La Palma näherten, liefen die Freunde an Deck. Sie hatten auf der Überfahrt bisher schon in einigen Häfen angelegt, so auch auf Teneriffa und Gran Canaria, aber was sie jetzt sahen, war ganz anders, als sie erwartet hatten.

»Wow, seht mal!« Ricardo war sichtlich beeindruckt.

Auch Zoe und Merle blickten mit erstauntem Gesichtsausdruck auf die grüne Wand, die am Horizont vor ihnen auftauchte. Erste Möwen flogen dicht über die Köpfe der Passagiere hinweg und segelten völlig schwerelos im Wind.

»Kein Wunder, dass man sie auch die ›Grüne Insel‹ nennt«, stellte Ricardo fest.

»La Isla Verde«, murmelte Zoe.

Die Insel ragte hoch auf und war von tiefen Schluchten durchzogen. So etwas hatten sie noch nie gesehen.

»Überall wuchert es«, staunte Merle. »Es grünt und blüht an allen Ecken und Enden. Unglaublich, was Gott alles erschaffen hat.«

Ricardo nickte bloß. »Guckt mal, die Stadt vor uns. Die bunten Häuser schmiegen sich richtig in den Hang.«

Die Freunde wussten nicht, wohin sie als Erstes blicken sollten.

Als Tom mit strubbeligen Haaren neben ihnen erschien und sich verschlafen die Augen rieb, sagte er: »Beautiful. Dic Stadt da vorne ist Santa Cruz. Sie ist schon sehr, sehr alt und strahlt noch den Charme der guten alten Zeit aus.«

Merles Augen bekamen einen träumerischen Ausdruck. Eine alte Hafenstadt, eine tolle Insel, das würden fantastische Ferien werden, da war sie sich sicher. Blue, die wie so oft in ihrem Katzenrucksack vor Zoes Bauch saß, miaute leise.

»Sie kann es nicht erwarten, die Insel zu erobern«, kicherte Merle.

Die Stimmung war perfekt. Sie waren hier! Egal, wie lang die Anreise auch gedauert hatte, sie würden drei wundervolle Wochen ihrer Sommerferien im Camp von Zoes Vater verbringen. Sie würden arbeiten, aber auch viel Zeit für schöne Ausflüge haben. Die Fähre verlor an Geschwindigkeit, und schneller als gedacht passierte sie die schmale Hafeneinfahrt und legte neben einem großen Kreuzfahrtschiff an. Taue wurden ausgerollt und an Land aufwendig an riesigen Pollern festgemacht.

»Guckt mal, da vorne steht mein Vater.« Zoe winkte wie verrückt. Auch Dr. Balter hatte sie entdeckt und wedelte förmlich mit den Armen.

In diesem Moment verkündete eine Lautsprecherdurchsage, dass alle Passagiere mit ihrem Gepäck zu ihren Fahrzeugen in die unteren Etagen des Schiffes gehen sollten. Tom verschwand daraufhin in den Tiefen der Fähre. Er würde mit dem Auto und dem ganzen Gepäck direkt ins Camp fahren. Kurz darauf öffneten sich auch schon die riesigen Tore der Fähre und ein Auto nach dem anderen rollte an Land. Die Freunde nahmen den Fußgängerausgang. Zoe knetete vor Aufregung ihre Hände, und als sie ihren Vater sah, rannte sie ihm in die Arme. Blue, die in ihrem obligatorischen Rucksack steckte, quiekte empört.

Dr. Balter lachte. »Vorsicht, nicht, dass wir irgendwann Blues empfindliche Nase einquetschen.

»Ja, denn das würde sie Zoe auf ewig übelnehmen.« Ricardo grinste über beide Backen und Zoe knuffte ihn in den Arm.

Dr. Balter lachte noch lauter. Er freute sich, dass mit Zoe und ihren Freunden wieder Abwechslung in das Camp-Leben kommen würde. Er hoffte aber, dass sie ihre Nase nicht wieder in Sachen steckten, die sie nichts angingen. Auch er konnte sich nur zu gut an ihr letztes Abenteuer erinnern. »Na, hattet ihr eine gute Fahrt?«, fragte er, während er die Freunde zur Seite zog.

Auf dem Kai ging es mittlerweile recht wuselig zu. Autos, Menschen und Tiere suchten sich ihren Weg aus dem Hafen. Mit seinen kurzen blonden Haaren, die wie immer in alle Himmelsrichtungen abstanden, seinen kurzen blauen Hosen und dem rosa T-Shirt sah Dr. Balter wirklich nicht wie ein Archäologe aus, fand Ricardo. Aber auch nicht wie ein zerstreuter Professor. Er war ein ziemlich cooler Vater.

»Ja, hatten wir«, scholl es von drei Seiten.

Merle grinste und winkte plötzlich aufgeregt. »Seht mal, da vorne fährt Tom.«

Alle winkten ihm und dann verschwand er auch schon, eine Hand lässig aus dem Fenster gelehnt, hinter den vielen anderen Autos.

Dr. Balter drehte sich um und meinte: »Willkommen auf La Palma, der Isla Bonita, der schönen Insel.«

Ricardo speicherte in Gedanken automatisch den neuen Beinamen für diese Insel ab, denn den hatte er bisher noch nicht gehört.

»Kommt, da vorne steht mein Wagen.«

Als ihr Vater den Zündschlüssel rumdrehte, zuckte Zoe schon im Voraus zusammen. Sie ahnte, was kommen würde. Und in der Tat, zeitgleich mit dem Motor sprang auch das Radio an. Augenblicklich hämmerte laute Musik aus den Lautsprechern.

Zoe verdrehte die Augen, während sie versuchte, mit einer Hand an den Lautstärkeregler zu gelangen. Das war mit Blue vor ihrem Bauch, aber gar nicht so leicht. Schließlich hatte ihr Vater ein Einsehen und drehte die Lautstärke auf ein erträgliches Maß zurück. Ricardo grinste, während Merle sich die Nase an der Scheibe plattdrückte.

»Wie ging es eigentlich mit Blue auf der Fähre?«, fragte Dr. Balter, während er seinen Wagen gefühlvoll durch die engen Serpentinen lenkte, die sich den Hügel hochzogen.

»Das war überhaupt kein Problem.«

»Das dachte ich mir. Sie ist ein prima Kerl.«

Ricardo grinste, aber eigentlich hatte Zoes Vater ja recht. Immerhin hatte die Katze ihnen bei ihrem letzten gemeinsamen Urlaub oder besser gesagt, Abenteuer, sehr geholfen. Mit ihrem guten Riecher hatte sie die Freunde aus alten Gängen und Höhlen geleitet. Auch wenn Ricardo immer mal wieder gerne über Blue witzelte, gehörte sie natürlich auch für ihn zu ihrem Team dazu.

»Ich hoffe, ihr habt nichts dagegen, wenn wir einen Umweg fahren. Ich muss noch etwas in Los Llanos, in einer Stadt auf der anderen Seite der Insel, abholen.«

Die drei hatten natürlich nichts dagegen. Die Straße zog sich immer weiter den Hang hoch, und Ricardo registrierte interessiert, dass sich die Vegetation zusehends veränderte. Immer mehr Laubbäume säumten die Straße und nach einiger Zeit tauchte der Wagen in eine Nebelbank ein. Die Äste der Bäume ragten daraus wie dunkle Schatten hervor. Ricardo nahm sich vor, im Internet noch mehr über La Palma zu lesen. Nach einer ganzen Weile bogen sie in einen langen Tunnel ein. Hatte sie auf der einen Seite dichter Nebel begleitet, wurden sie bei der Tunnelausfahrt von gleißendem Sonnenschein empfangen.

»Wow, das ist ja voll krass!«, staunte Ricardo.

»Wieso scheint hier jetzt die Sonne?«, fragte Merle neugierig. »Nun, das ist ganz leicht erklärt.« Dr. Balter schaltete einen Gang runter, denn nach der langen Geraden im Tunnel schlängelte sich die Straße nun wieder gehörig den Hang hinunter.

»La Palma ist praktisch zweigeteilt. Die Insel wird der Länge nach von einem Hügelkamm, der Cumbre, in eine Ost- und in eine Westseite geteilt. Der Wind treibt die Wolken an die Ostflanke und die regnen sich dort in den Höhenlagen ab. Oft entsteht auch Nebel. Im Westen kommen die meisten Wolken schon gar nicht mehr an. Dort ist es viel trockener und sonniger. Die direkte Küstenregion im Osten ist ähnlich sonnig.

»Verrückte Insel«, stellte Zoe fest.

»Ja«, bestätigte ihr Vater. »Und außerdem die steilste Insel der Welt. Obwohl sie relativ klein ist, immerhin ist sie ja nur knapp 45 Kilometer lang und 27 Kilometer breit, hat sie in der Mitte einen sehr hohen Gebirgszug. Überall geht es entweder rauf oder runter. Größere ebene Flächen gibt es praktisch nicht.«

Als Zoe sich umdrehte und aus dem Heckfenster blickte, sah sie, wie sich eine riesige Wolkenmasse oberhalb des Tunnelausgangs über den Gebirgszug wälzte und sich dann relativ schnell auflöste. »Wow, guckt mal. Ein richtiger Wolkenwasserfall!«

Ihr Vater grinste sie im Rückspiegel an. »Du hast es auf den Punkt getroffen. Dieses Phänomen wird auch Cascada de nubes bezeichnet. Was übersetzt Wolkenwasserfall bedeutet.«

Auch Merle und Ricardo staunten über dieses Naturschauspiel. Dr. Balter wich einer kleinen Hühnerschar aus, die mitten auf der schmalen Fahrbahn unerschrocken auf der Suche nach Futter war und erzählte dann weiter: »La Palma hat eine sehr niedrige Kriminalitätsrate. Deshalb wundert es mich auch so, dass unsere Arbeit hier so bekämpft wird.«

»Wie meinst du das?«, fragte Zoe.

»Ich dachte, dass hätte ich dir schon erzählt.« Als Zoe den Kopf schüttelte, fuhr ihr Vater fort: »Manche Leute scheinen mit unserer Arbeit hier nicht einverstanden zu sein. Es ist jetzt schon mehrmals vorgekommen, dass Arbeitsgeräte entwendet wurden und später in der nächsten Schlucht wieder aufgetaucht sind. Verbogen und unbrauchbar. Außerdem hat jemand die Felsen mit Farbe besprüht und uns aufgefordert, zu verschwinden, sonst hätten wir mit weiterem Ärger zu rechnen.«

»Wer macht denn sowas?«, fragte Merle.

»Ja, und warum?«, erweiterte Ricardo die Frage.

»Das fragen wir uns auch schon die ganze Zeit. Wir haben keine Erklärung dafür. Wir graben hier ja keine wertvollen Schätze aus, wie es zum Beispiel in Japan der Fall war. Vielmehr geht es um Felszeichnungen, die Petroglyphen. Die Altkanarier kannten kein Metall. Sie ritzten diese Zeichnungen mit Steinen in die Felsen.«

»Meistens sind es Spiralen, oder?« Von diesen Zeichnungen hatte Ricardo schon gehört.

»Ja, das stimmt«, fuhr Dr. Balter fort. »Die Altkanarier, die von Laien auch gerne als Guanchen bezeichnet werden, haben Sonne und Mond verehrt, aber bisher konnten die genauen Bedeutungen der Zeichnungen nicht entschlüsselt werden. Wir tappen bei vielen Dingen noch im Dunkeln.« Dr. Balter strich sich fahrig durch die Haare.

Die Redepause von Zoes Vater nutzte Ricardo. »Guanchen nennt man die Altkanarier auf Teneriffa, oder?«

Dr. Balter nickte. »Ja, aber dieser Begriff wird von Vielen für die Altkanarier aller Kanarischen Inseln verwendet. Auf La Palma heißen sie korrekterweise Benahoaritas.«

Ricardo versuchte, sich auch diesen sperrigen Begriff zu merken.

»Wenn es hier nur Felsenbilder gibt, stolpern wir zumindest nicht über Mumien.« Der erleichterte Tonfall von Merle ließ alle lächeln. Merle stand nämlich nicht besonders auf diese konservierten Toten.

Dr. Balter räusperte sich und meinte: »Da muss ich dich leider enttäuschen. Die Altkanarier haben ihre Verstorbenen sehr wohl mumifiziert. Und zwar Männer, Frauen und sogar die Kinder.« Merles Gesichtshaut wurde deutlich blasser, und Dr. Balter beeilte sich hinzuzufügen: »Die Wahrscheinlichkeit, dass ihr hier über Mumien stolpert, ist aber wirklich sehr gering. Eigentlich sogar unmöglich. Sie wurden in Höhlen bestattet, und die gut zugänglichen sind bereits alle entdeckt worden. Ihr wollt hier ja keine Kletterpartien veranstalten und Höhlenforscher spielen, oder?«

Merle schüttelte heftig den Kopf. Nein, das wollte sie auf keinen Fall.

»Dann gibt es hier für uns ja gar nicht viel zu tun«, stellte Zoe erleichtert fest. Sie hatte sich schon auf das Schaufeln von Erde eingestellt und war begeistert, dass hier gar nicht gegraben wurde.

»Freu dich nicht zu früh«, meinte ihr Vater grinsend. »Wir sind nämlich auf der Suche nach der legendären Krönungspyramide.« Die Freunde blickten Dr. Balter neugierig an. »Dort wurden die Könige der Altkanarier gekrönt, und keiner weiß, wo sie sein soll. Sie wird hier in der Nähe unseres Camps vermutet. Wir erhoffen uns von den Petroglyphen Aussagen oder Hinweise zu dieser Pyramide.«

»Und wenn ihr die entdeckt, wird wieder tief gegraben?«, fragte Zoe misstrauisch.

»Du hast es erfasst.« Das Grinsen von Dr. Balter wurde noch breiter. »Aber entspann dich, das dauert noch. Vorerst könnt ihr uns bei der Dokumentation der Zeichnungen helfen. Aber zurück zu den aktuellen Vorkommnissen. Ich habe ernsthaft darüber nachgedacht, euren Besuch hier abzusagen, aber ich wusste, dass ihr dann sehr enttäuscht gewesen wärt.«

»Ja«, erscholl es prompt von den Freunden.

»Außerdem hat mir Mieke versichert, dass euch nichts passieren kann. Schließlich haben sich die Aggressionen immer nur gegen die Ausrüstung gewendet, aber nie gegen Personen. Also nie gegen jemandem vom Team.«

»Was?«, rief Zoe. »Mieke ist auch wieder dabei?«

»Ja, das ist sie.«

»Wow, das ist klasse«, meinte Ricardo.

»Ich freue mich auf Superwoman«, stimmte auch Merle mit ein.

Dr. Balter grinste über beide Backen. »Wusste ich es doch, dass ihr euch freut.«

Die Freunde hatten Mieke im letzten Urlaub in Japan kennengelernt. Mieke war im Camp für Reparaturen aller Art zuständig und hatte vom Team den Beinamen Superwoman bekommen. Es gab anscheinend nichts, was sie nicht reparieren oder anderweitig regeln konnte. Die Freunde mochten sie sehr, zumal sie ihnen bei ihrem Abenteuer in Japan sehr zur Seite gestanden hatte.

Los Llanos sah ganz anders aus als Santa Cruz, die Hauptstadt auf der anderen Seite der Insel. »Wow«, staunte Merle, »das sind ja riesige Gewächshäuser, die sich vor uns bis ans Meer ausbreiten.«

Dr. Balter wollte gerade etwas dazu erklären, aber Ricardo kam ihm schon zuvor: »Das sind keine Gewächshäuser, Merle. Das sind dünne Netze, die sich über Obst- und Gemüsefelder spannen. Meistens sind es Bananenplantagen.«

Merle schüttelte den Kopf. Woher wusste Ricardo das alles immer?

»Mister Oberschlau hat gesprochen«, war der kurze Kommentar von Zoe.

Ricardo ließ sich nicht aus der Ruhe bringen, aber Dr. Balter erwiderte: »Das ist doch total praktisch, dass Ricardo so viel weiß.«

Zoe seufzte theatralisch. Manchmal ging ihr Ricardo mit seinem Wissen etwas auf die Nerven. Auch sie fragte sich, wie er sich nur diese vielen Dinge merken konnte.

Vor einem Geschäft in Los Llanos angekommen, luden sie einige Gerätschaften, die schon bereitstanden, auf den großen Pick-up und fuhren weiter. Sie folgten der Straße eine steile Schlucht hinauf. Mit bangen Blicken lugte Merle nach draußen. »Da gehts aber schon ziemlich steil nach unten«, murmelte sie.

»Oh, ja«. Dr. Balter schaute in den Rückspiegel und lächelte beruhigend. »Das ist die steilste Schlucht auf der Insel, der Barranco de las Angustias.« Als er bemerkte, dass Merle grün um die Nasenspitze wurde und sich an ihren Sitz klammerte, beeilte er sich zu sagen: »Keine Angst, ich fahre ganz vorsichtig.«

Merle versuchte ein kleines Lächeln, was ihr aber nicht so recht gelang. Oben angekommen, ging es ihr aber gleich viel besser.

»Schaut mal«, rief Zoe begeistert. »Hier ist ja ein total cooles Café.« Dr. Balter lenkte den Wagen schwungvoll in eine enge Parklücke und fragte: »Na, bereit für ein Stück Kuchen und die genialste Aussicht über die Insel?«

Da sagten die Freunde natürlich nicht nein. Sie genossen auf der schönen Terrasse die wirklich fantastische Aussicht über den Westen der Insel mit seinem zentralen Teil, dem Aridanetal.

»Hey, ist das dort hinten nicht der Vulkan, der vor Kurzem hier Angst und Schrecken verbreitet hat?«, fragte Ricardo. Er zeigte dabei auf einen großen Berg in der Ferne. Eine kleine Rauchsäule schwebte über seinem zerklüfteten Kegel.

Zoes Vater nickte. »Ja, genau, das ist der Übeltäter. Er hat große Teile der Insel mit einer dicken Lavaschicht überzogen. Seht selbst.« Die Freunde folgten seiner ausgestreckten Hand mit dem Blick. Tatsächlich, unterhalb des Vulkans zog sich die breite Front einer dunklen Masse bis ans Meer. Auf ihrem Weg hinunter umschlang erloschene Lava noch andere, kleinere Vulkankegel.

»Häuser, Schulen, Tankstellen, einfach alles hat die Lava unter sich begraben.« Dr. Balter warf den Eidechsen, die sich auf einer kleinen Mauer unter ihnen sonnten, einige Kuchenkrümel zu. »Es wird Jahre dauern, bis die Menschen ihr gewohntes Leben wieder aufnehmen können. Viele Gebiete sind noch immer nicht frei zugänglich, weil giftige Gase aus Bodenspalten strömen.« Dr. Balter seufzte laut.

Merle murmelte: »Es muss furchtbar sein, sein ganzes Zuhause und seine gewohnte Umgebung zu verlieren.«

Alle nickten zustimmend.

Nach einer Weile der Stille, in der jeder wortlos seinen Kuchen gegessen hatte, fragte Zoe: »Ist es eigentlich noch weit, bis wir da sind?«

»Ja, es ist noch eine gute Stunde zu fahren.«

Zoe sah ihren Vater sprachlos an. »Wie kann das denn sein? Die Insel ist doch gar nicht so groß, und die Entfernungen können doch dementsprechend auch nicht so gewaltig sein.«

»Stimmt, aber dafür kommt man hier meistens auch nur sehr langsam vorwärts. Denk doch an die vielen Serpentinen, die wir bisher schon gefahren sind. Und das wird nicht besser. La Palma wird von unzähligen Schluchten, den Barrancos, durchzogen.«

Zoe brummte etwas Unverständliches. Ricardo und Merle konnten die Enttäuschung ihrer Freundin aber gut verstehen. Sie waren schon so lange mit der Fähre unterwegs gewesen und sehr neugierig auf das Camp.

Die Fahrt dauerte tatsächlich noch eine ganze Weile, aber langweilig wurde es trotzdem nicht. Es gab unterwegs viel zu sehen. Egal, ob steile Berghänge, grüne, lianenartige Kletterpflanzen, die einen dichten Vorhang auf der immer schmaler werdenden Straße bildeten, oder die pink blühenden Oleanderbäume. Nur Blue wurde unruhig in ihrem Rucksack und zappelte hin und her. Sie hatte offensichtlich die Nase gestrichen voll von den Kurven und der Enge. Endlich bogen sie in eine kleine, versteckte Seitenstraße ab und folgten einer holprigen Schotterpiste.

Der Landrover schüttelte sie alle heftig durch, und Ricardo wurde grün um die Nase. »Ist es noch weit?«, fragte er mit matter Stimme.

»Nein, das ist es nicht. Schau mal, wir sind da.« Dr. Balter deutete mit ausgestreckter Hand auf eine breite Einfahrt.

»Fantastisch«, war der kurze Kommentar von Ricardo.

Als sie in einer kleinen Staubwolke hielten und ausstiegen, stürzte auch schon eine Frau auf sie zu. Ihre langen roten Haare wirbelten wie eine Flamme hinter ihr her.

»Da seid ihr ja. Willkommen auf La Palma.« Mieke strahlte und strich sich mit einer Hand eine widerspenstige Haarsträhne aus dem Gesicht.

»Schön, dich wiederzusehen«, sagte Merle. Zoe und Ricardo nickten zustimmend.

»Ganz meinerseits«, grinste Mieke. »Ach, und deine Katze hast du auch wieder dabei?«

»Klar!«

Dr. Balter hob die Schaufeln und Eimer vom Wagen herunter und stellte sie an die Seite des Weges.

»Tom ist schon vor einer ganzen Weile hier angekommen und euer Gepäck wartet schon in eurer Behausung auf euch.«

Als das Handy von Dr. Balter klingelte, sagte Mieke: »Kommt, ich zeige euch alles.«

Zoes Vater nickte dankbar und nahm das Gespräch an.

Die Freunde folgten Mieke auf einem schmalen Pfad, der sich zwischen einzelnen Felsen hindurchschlängelte. Als sie an einer riesigen Felswand vorbeikamen, staunten die Freunde nicht schlecht, denn sie war über und über mit Spiralen verziert.

»Diese Petroglyphen sind schon vor vierzig Jahren entdeckt worden, die eigentliche Attraktion kommt erst noch. Die zeige ich euch später, ihr werdet Augen machen.« Miekes Augen leuchteten wie die Sterne am Himmel. Es war deutlich zu spüren, wie sehr ihr die Arbeit hier Spaß machte. Nach einigen Metern kamen sie an einem großen Steinhaus vorbei. Über dem Schornstein kringelte sich weißer Rauch, und appetitliche Essensgerüche schmeichelten der Nase.

»Die Küche, wie ihr euch sicher denken könnt.

Schwungvoll stapfte Mieke mit den Freunden im Schlepptau an dem Haus vorbei. Der Pfad wurde immer steiler und enger. Die Pflanzen reckten sich rechts und links auf den Felsen in die Höhe. An manchen Stellen hingen grüne Lianen bis auf den Weg hinunter. Überall blühte es blau und rosa. Das war ein schöner Kontrast zu den schwarzen Felsen. Schließlich kamen sie an einer kleinen Steinhütte an.

»Voilà, das hier ist euer Zuhause für die nächsten drei Wochen. Ich muss jetzt leider zurück an die Arbeit, wenn ihr etwas braucht, sagt mir Bescheid.« Mit diesen Worten drehte sie sich um und warf mit einer kurzen Kopfbewegung die Haare in den Nacken.

Merle sah sich immer noch mit großen Augen um. »Also, in diesem Camp sieht es ganz anders aus als in dem in Japan.«

»Stimmt«, meinte Zoe. »Ich habe ja schon viele Camps erlebt, aber so eines wie das hier noch nicht. Hier siehts eher wie im Dschungelcamp aus.«Zoe streichelte geistesabwesend der zappelnden Blue über den Kopf. »Total eng und unübersichtlich. Und ich hab auch irgendwie so wenige andere Hütten gesehen. Echt verrückt.«

»Das ist mir gerade total egal, ich möchte in mein Bett und schlafen. Ich bin hundemüde.« Ricardo gähnte ausgiebig. Blue ließ in diesem Moment ein lautes Maunzen hören.

»Ja, ist ja schon gut, du darfst jetzt raus.« Zoe holte ihre Katze aus dem Rucksack und setzte sie vorsichtig auf den Boden hinunter. In Windeseile war die Katze in der Hütte verschwunden. Kurz darauf waren deutliche Schlabbergeräusche zu hören.

»Erstaunlich, wie schnell sie immer die Futter- und Wassernäpfe findet«, wunderte sich Merle.

Sie folgten Blue in die Hütte und waren sehr froh, als sie sahen, dass sie gut ausgestattet war. Zoe und Merle teilten sich ein großes Zimmer, und Ricardo hatte ein eigenes, kleineres. Die Küche war riesig und bot mit ihrem großen Holztisch, auf dem bunte Blumen in einer Vase standen, Platz für viele Leute. Das Bad war schön hell und mit einer großen Dusche ausgestattet. Es gab einen Fußboden aus hellem Stein. Weiße Holzpaneelen verkleideten die Zimmerdecken.

»Gemütlich, es ist echt gemütlich hier drin«, stellte Merle fest.

»Ich finde, das Wort trifft es genau«, stimmte Zoe zu. Von Ricardo war nichts mehr zu sehen. Als leise Schnarchgeräusche in der Küche zu hören waren, stand Zoe auf und schloss die schwere Holztür zu seinem Raum.

»Unfassbar«, murmelte sie. »Wie schafft der das bloß immer, so schnell einzuschlafen?«

»Und was machen wir beide jetzt?«, fragte Merle und streckte und dehnte dabei die Arme. »Auch schlafen oder lieber das Gepäck auspacken?«

»Ich bin für Letzteres.«

Also räumten sie gemeinsam ihre Sachen in den großen Schrank.

Plötzlich hielt Zoe inne und fragte: »Ob ich hier wohl auch joggen gehen kann? Ich mein, es sieht ja schon cool hier aus, aber es ist so eng und verschlungen.«

Merle wusste genau, was ihre Freundin meinte. »Ja, aber echt.« Sie legte den letzten Pullover in den Schrank und schloss ihren Koffer. »Vielleicht solltest du dir überlegen, was du sonst machen könntest? Ganz, ganz viele Hampelmänner oder so?«

Zoe seufzte leise. Sie genoss ihre täglichen Morgenläufe sehr und wollte ungern darauf verzichten.

»Oh hey, guck mal, wer da oben sitzt und uns beobachtet!«

Mit diesen Worten zeigte sie auf ein kleines Tier, das neben dem Fensterrahmen förmlich an der Wand zu kleben schien.

»Wow, ein Gecko«, staunte Zoe. Sie wusste zwar, dass es diese kleinen, urzeitlich anmutenden Tiere auf La Palma und generell auf den Kanarischen Inseln gab, hatte aber bisher noch keinen zu Gesicht bekommen.

Merle war in der Zwischenzeit näher ans Fenster getreten und streckte nun ganz langsam ihren Arm aus. Das Tier blickte sie mit seinen schwarzen Knopfaugen aufmerksam an und wartete ab. Als Merles Zeigefinger es sanft am Rücken berührte, huschte es in die andere Zimmerecke. Merle blickte ihm fasziniert hinterher.

Zoe konnte es nicht fassen. »Wieso hast du eigentlich vor Fledermäusen Angst, aber nicht vor Geckos?«

»Weiß nicht. Vielleicht weil sie nicht in Scharen auftreten?«

»Stimmt«, musste Zoe zugeben. »Wenn hier fünfzig von ihnen im Zimmer krabbeln würden, wäre das echt was anderes. Das kann ich gut verstehen.«

Merle war dem Gecko gefolgt, hielt nun aber Abstand. »Wenn man sie erschreckt und sie richtige Todesangst bekommen, werfen sie ihren Schwanz ab, um ihre Feinde abzulenken. Wusstest du das?«

»Ne, das kannte ich nur von Eidechsen.«

Die beiden Mädchen beobachteten den Gecko noch eine ganze Weile, bis er im Nebenzimmer verschwand.

Als Dr. Balter die Freunde zum Abendessen abholte, war Ricardo schon wieder munter und hatte zusammen mit Zoe und Merle die nähere Umgebung der Hütte erforscht. Blue war wie immer mit von der Partie gewesen. Als Erstes war sie auf einen großen Felsen geklettert und hatte stolz von oben hinuntergeblickt. Aber dann hatte sie sich beim Hinunterklettern verschätzt und schließlich jammernd auf einem kleinen Felsplateau festgesteckt. Zoe hatte sich dann ihrer erbarmt und war behände zu ihrer Katze hochgeklettert und hatte sie aus ihrer misslichen Lage befreit. »Wieso musst du auch bloß immer überall hinaufklettern?« Sie hatte sich die Katze wie einen Schal über die Schulter gelegt und war ruckzuck wieder unten angekommen.

»Vielleicht solltest du hier statt laufen lieber klettern?«, hatte Ricardo grinsend vorgeschlagen. Aber er hatte noch eine andere Idee gehabt: »Hey, ich hab's. Auf der Insel findet jedes Jahr der *Transvulcania* statt.«

»Bitte was?«

»Na, ein Marathon, der vom Süden der Insel bis auf den höchsten Berg führt. Und dann wohl noch weiter nach Los Llanos, wo wir heute waren.«

»Du spinnst, das ist ja viel zu weit.«

»Anscheinend nicht. Die Strecke ist über 70 Kilometer lang und insgesamt werden 8500 Höhenmeter überwunden. Wäre das nichts für dich?«

»Voll abgefahren. Aber das ist echt eine Nummer zu groß für mich.«

»*Eine* Nummer?«

Zoe hatte Ricardos schelmisches Grinsen geflissentlich ignoriert und es vorgezogen, auf seinen Spott gar nicht einzugehen.

Und dann war es auch schon Zeit fürs Abendessen.

»Na, habt ihr euch schon etwas umgeschaut?«, fragte Zoes Vater.

»Ja, das haben wir«, bestätigte Ricardo.

»Das Camp hier ist ganz anders als das in Japan«, meinte Merle.

»Ja«, bestätigte Dr. Balter. »Das ist es. Es ist nicht so offen und übersichtlich.« Mit einer Hand versuchte er, sich seine Haare glatt zu streichen, hatte damit aber keinen Erfolg. »Aber es ist genauso weitläufig hier, nur erschließt sich das Gelände nicht auf den ersten Blick. Aber wartet, bis ihr den großen Versammlungsplatz gesehen habt. Er ist eine richtige Augenweide.«

Zoe sah ihren Vater erstaunt an: »Davon hast du noch gar nichts erzählt.«

»Dann habe ich das wohl vergessen. Ich zeige ihn euch nach dem Essen.«

Der verführerische Duft aus der Küche hatte mittlerweile auch schon andere Leute aus dem Camp angelockt. Angeregt miteinander plaudernd setzten sie sich an die großen, bereits gedeckten Holztische. Die Freunde setzten sich mit Zoes Vater zu Mieke und Tom, die mitten in ein Gespräch vertieft waren. Auf Englisch. Zoe zog eine Grimasse, das war der Nachteil an diesen Camps. Meistens wurde Englisch gesprochen und Fremdsprachen lagen ihr überhaupt nicht.

Ricardo grinste Zoe an und meinte: »Entspann dich.«

Zoe schnaubte. Sie hatten den Gesprächen mit Tom auf der Fähre nur mit Mühe folgen können. Aber immerhin hatte sie ungefähr verstanden, worum es ging. Aber mit Mieke sprach Tom in einer Geschwindigkeit, die schon fast überirdisch war. Schnell verlor Zoe den Faden und blickte sich neugierig in dem Speiseraum um. Bis auf Mieke und Tom kannte sie keinen der anderen Mitarbeiter. Aber das war ja auch nicht weiter erstaunlich, denn die Ausgrabungen in Japan waren noch in vollem Gange. Ihr Vater, Mieke und Tom kamen immer nur für eine Weile zu den einzelnen Abschnitten einer Ausgrabung oder den Forschungsarbeiten dazu. Im Prinzip pendelten sie zwischen den Camps hin und her.

Das Essen war auch hier sehr lecker, auch wenn nicht Lela, wie in Japan, in der Küche am Herd stand, sondern zwei spanische Frauen. Eine von ihnen kam gerade an ihrem Tisch vorbei: »Ah, si, hier ist also die Tochter vom Chef mit ihren Freunden.«

Zoe nickte und Dr. Balter stellte sie vor: »Das sind Zoe, Merle und Ricardo, sie werden uns drei Wochen bei unserer Arbeit begleiten.«

Die Spanierin begrüßte die Freunde mit Handschlag und kam Dr. Balter zuvor: »Und ich heiße Gloria. Zusammen mit meiner Schwester Francesca sind wir hier für das leibliche Wohl der Leute verantwortlich.«

Mit einem dicken Grinsen trat nun auch Francesca an den Tisch und ergänzte: »Ja, aber nur, wenn uns die Leute auch gefallen.« Ihr Lachen wurde noch eine Spur breiter.

Ricardo stutzte, was hatte dieser Spruch denn zu bedeuten?

»Ach, nehmt Francesca nicht so ernst«, beruhigte Gloria die Freunde.

Als die Frauen wieder in der Küche verschwunden waren, murmelte Dr. Balter: »Also Francesca ist schon irgendwie eine schräge Person.«

Mieke hatte den Mund voll Reis und nickte zu seinen Worten.

»Aber es ist schön, dass sie auch Englisch spricht. Mein Spanisch ist nämlich nicht sonderlich gut.« Dr. Balter grinste.

»Where ist the cat?«, fragte Tom nach einer Weile. Die Frage nach ihrer Katze löste natürlich Neugier unter den anderen aus und so erzählte Zoe die Geschichte ihrer Katze. Erstaunlicherweise ging das auch auf Englisch ganz gut und Ricardo nickte anerkennend.

KAPITEL 2

SPUREN DER VERGANGENHEIT

Nach dem Essen holte Zoe Blue und steckte sie in ihren Katzenrucksack. Dann ging auch schon die Führung los. Dr. Balter schleppte sie auf schmalen Pfaden durch das ganze Camp. Rauf und runter. Dabei redete er ohne Unterlass. Schließlich blieb er an einem größeren Platz stehen. Merle nutzte die Pause, um die Arme in die Seiten zu stemmen und Luft in ihre Lungen zu pumpen. Die Insel war wirklich ziemlich steil.

»Das hier ist der Versammlungsplatz der Benahoaritas, ein Tagoror.« Mit einer ausholenden Armbewegung deutete Dr. Balter auf einen großen, kreisförmig angelegten Platz, der von großen Felsen eingerahmt wurde. Die Erde war über die Jahrhunderte zu einem festen und ebenen Boden festgetreten worden. Riesige uralte Drachenbäume standen wie stille Zeugen der Zeit daneben und streckten ihre dicken Äste in den Himmel.

»Wow!« Mehr fiel Ricardo nicht ein. Mit offenem Mund stand er auf der kleinen Anhöhe, die sie nach einem steilen und steinigen Anstieg erklommen hatten.

»Ja, das trifft es wohl ziemlich genau.» Dr. Balter grinste. Er kickte einen spitzen Stein aus dem Weg und blickte hinunter. »Von hier oben hat man den besten Überblick über diesen besonderen Ort.«

Auch Zoe und Merle sahen voller Staunen hinunter. Blue, die es nicht lange im Rucksack ausgehalten hatte, interessierte sich viel mehr für die vielen Eidechsen. Aber sobald die Katze auch nur mit der Pfote zuckte, verschwanden sie mit lautem Rascheln im trockenen Laub. Sichtlich enttäuscht starrte Blue ihnen hinterher.

»Aber ich sehe hier gar keine Leute, die arbeiten«, stellte Merle fest.

»Das stimmt«, bestätigte Dr. Balter. »Den Bereich, in dem wir arbeiten, zeige ich euch nachher. Ich wollte euch zuerst hierherbringen, weil diese Stelle so besonders ist.«

Während die Mädchen nur mit einem Ohr zuhörten, war Ricardo ganz bei der Sache. Es gab nichts, was ihn nicht interessierte, und Zoes Vater erzählte immer spannende Sachen.

»Dieser Platz ist von den Ureinwohnern La Palmas angelegt worden. Hier kamen sie zusammen, um zu beraten. Jedenfalls ist das der Wissensstand der aktuellen Forschung.«

Ricardo hielt sich eine Hand vor die Augen, um im flachen Abendlicht besser sehen zu können. »Da drüben sind aber nicht nur Spiralen eingeritzt.«

»Stimmt. Es finden sich auch andere Muster. Mäander, Kreise und Ovale.«

»Die sind ja riesig«, staunte Zoe.

»Das sind sie. Aber leider gibt es keine Hinweise auf eine Schrift. Wie gesagt, die Wissenschaft konnte die Bedeutung der Zeichen nicht klären. Das ist sehr, sehr schade, denn sonst hätte man noch einen viel besseren Eindruck vom Leben der Urbevölkerung hier bekommen. So vermuten wir, wissen aber nicht viel.«

»Gibt es denn keine Überlieferungen der Nachfahren?«, fragte Ricardo neugierig.

»Nein, als die Spanier, also um genau zu sein, die Kastilier, die Kanarischen Inseln eroberten, wurden die Spuren der Altkanarier fast vollständig ausgelöscht. Die Höhlen, in denen sie bislang gelebt hatten, dienten fortan zur Viehhaltung.« Dr. Balter seufzte und fuhr fort: »Ihr müsst euch das so vorstellen: die Eroberer trafen hier auf ein Volk, das direkt aus der Steinzeit zu kommen schien. Wir vermuten, dass sie Jahrhunderte zuvor mit kleinen Schiffen aus Nordafrika auf die Kanaren gekommen waren. Aber das Wissen vom Schiffsbau scheinen sie im Laufe der Zeit wieder verloren zu haben. Sie waren Jäger und Sammler, Ackerbau gab es nur in einem bescheidenen Umfang.« Ricardo nickte interessiert, was Zoe lächeln ließ. »Sie sollen größer als die Kastilier gewesen sein und zudem oft auch hellhäutiger. In alten Quellen liest man zudem von hellen oder gar blonden Haaren.

In diesem Moment knackte es neben ihnen in einem Busch.

»Was war das denn?«, fragte Zoe.

»Keine Ahnung. Größere Wildtiere als Kaninchen gibt es auf der Insel eigentlich nicht.«

»Eigentlich?«, fragte Merle nervös.

»Naja, ein paar wilde Ziegen könnten sich schon bis in diese abgelegene Gegend verirrt haben, aber ehrlich gesagt habe ich hier noch keine gesehen.« Dr. Balter blickte sich um und meinte dann: »Ich höre nichts mehr.«

Auch die Freunde konnten nichts Verdächtiges mehr wahrnehmen. Aber Blue starrte noch eine ganze Weile äußerst aufmerksam in den Busch, wie Zoe mit einem Seitenblick feststellte. Den Ohren ihrer Katze entging wirklich nichts. Nicht zum ersten Mal wünschte sich Zoe, dass sie auch so gut sehen, hören und riechen könnte, wie Blue. Das stellte sie sich äußerst interessant vor. Als sich ihre Katze wieder entspannte, blickte Zoe wieder auf den runden Platz einige Meter unter ihnen. »Ist schon verrückt, wie kreisrund der Platz aussieht.«

Dr. Balter nickte. »Das stimmt. Obwohl die Menschen keine Technik zum Ausmessen hatten, ist er praktisch kreisrund. Sie haben sich diesen Ort sehr genau ausgesucht. Die Versammlungsplätze auf La Palma finden sich allesamt versteckt in den Barrancos oder weiter oben in den Ausläufern der Berge. Oft auch in der unmittelbaren Nähe von besonders eindrücklich aussehenden Felsen.« Dr. Balter runzelte die Stirn und meinte: »Der nicht so schöne Teil ist, dass auf manchen Versammlungsplätzen auch Opfer dargebracht worden sein sollen.«

»Iiih«, rief Merle entsetzt.

Ricardo wollte es noch genauer wissen: »Tiere oder auch Menschen?«

»Ziegen«, war die kurze Antwort.

Merle drehte sich um und murmelte: »Jetzt finde ich diesen Ort nicht mehr schön. Ziegenopfer ...«

»Hier fehlt aber der Opferfelsen in der Mitte, hier wurden definitiv keine Tiere geopfert«, beeilte sich Dr. Balter zu sagen. »Kommt, ich zeige euch die Stelle, an der wir aktuell arbeiten.«

Sie gingen den steilen Pfad zurück und bogen an einer kleinen Kreuzung in einen anderen Weg ein.

»Also ich glaube, bis ich mich hier zurechtfinde, dauert es eine Weile«, meinte Ricardo.

Dr. Balter lachte: »Wir haben tatsächlich schon überlegt, ob wir nicht Wegweiser anbringen sollten, aber das haben wir dann doch nicht gemacht.«

»Wie schade«, murmelte Ricardo.

Bald schon war lautes Geplapper zu hören und als sie einer Kurve des Pfades folgten, öffnete dieser sich zu einem offenen Platz. Auch dieser wurde von den hohen Felsen eingerahmt.

»Gibt es denn hier keinen Ort ohne diese Felsen?«, fragte Zoe genervt. Sie suchte immer noch nach einer passenden Laufstrecke.

Mieke stand mit Tom vor einem Holzschuppen. »Kommt ihr mal?«

Die Tür war aus den Angeln gerissen und ein roter Schriftzug prangte über dem Eingang.

»Nicht schon wieder«, seufzte Dr. Balter.

»Was denn?«, fragte Merle.

»Das kann ich dir genau sagen«, antwortete Mieke, die ihnen mit grimmigem Gesichtsausdruck entgegenkam.

»Was fehlt diesmal?«, fragte Zoes Vater. Eine steile Falte war zwischen seiner sonst so glatten Stirn erschienen. Zoe verstand nur Bahnhof und wiederholte Merles Frage: »Was ist denn los?«

Mieke pustete sich eine Haarsträhne aus dem Gesicht und sagte: »Sabotage. Diesmal haben sie sogar den Schuppen aufgebrochen und alles mitgenommen, was nicht niet- und nagelfest war. Schaufeln, Spaten, Hacken, Elektrokabel, Bohrmaschinen und so weiter.«

Zoes Vater schüttelte unwillig den Kopf und meinte: »Wenn das so weitergeht, bekommen wir die Fördergelder gestrichen. Wir müssen die Wachen verstärken. Ich sehe keine andere Möglichkeit.«

Ricardo ging näher an den Schuppen heran und versuchte, die krakelige Schrift zu entziffern. Vergeblich. «Was steht denn da?«

»Lass«, versuchte Zoes Vater Mieke zu stoppen, die schon zu einer Antwort ansetzen wollte.

Die jedoch schüttelte unwirsch den Kopf. »Also ich finde, sie sollten über alles informiert werden, was hier passiert.«

Dr. Balter überlegte einen Moment, dann sagte er: »In Ordnung, vielleicht ist das wirklich besser.«

»Okay«, begann Mieke. »Da steht: Wenn ihr diesen geweihten Ort weiter misshandelt, wird es euch schlecht ergehen. Verschwindet von hier, solange ihr noch könnt.«

Eine Gänsehaut zeigte sich auf Merles Armen und sie holte tief Luft. Das klang nicht bloß geheimnisvoll, das klang echt gruselig.

»Ä-ähm, d-das ist a-aber nicht e-ernst gemeint, oder?», fragte Ricardo. Als kleines Kind hatte er gestottert, und wenn er aufgeregt war, kam das zu seinem Ärger immer mal wieder durch.

»Das klingt ja nach einer echten Drohung«, stellte Zoe fest. In ihrer sonst so festen Stimme schwang ein leicht nervöser Unterton mit. Sie rief Blue hektisch zu sich und steckte sie in den Katzenrucksack.

Dr. Balter stöhnte. »Na, prima, jetzt habt ihr Angst bekommen. Genau das wollte ich vermeiden.« Mit genervtem Gesichtsausdruck blickte er zu Mieke, die aber nur die Schultern hochzog und meinte: »Sie hätten es sowieso erfahren. Und wenn nicht von einem von uns, dann von Francesca. Die kann ja ihren Mund nicht halten.«

»Auch wieder wahr.«

Tom machte sich an der Tür zu schaffen und schob sie mit einem anderen Mitarbeiter wieder in ihre Angeln.

»Also«, meinte Zoes Vater. »Ich glaube nicht, dass das eine ernstgemeinte Drohung ist. Hier will uns jemand ganz gehörig Angst machen. Das ist alles. Ich glaube nicht, dass außer möglichen weiteren Diebstählen und Schmierereien etwas passieren wird.«

»Das glaube ich auch nicht, aber wir sollten sehr wachsam sein. Die Polizei habe ich bereits verständigt, und sie werden noch heute jemanden hier rausschicken, der sich das Ganze mal anschaut. Und Tom wird sich um die Verstärkung der Wachmannschaft kümmern. Won't you?«

Tom, der immer noch an der Tür arbeitete, horchte auf und nickte zustimmend, als sie ihm das Gespräch kurz auf Englisch zusammenfasste.

»Ich weiß nicht, ich weiß nicht. Vielleicht ist es besser, wenn ich euch von hier fortbringe. Ihr könntet Urlaub in Los Llanos machen oder sonst wo auf der Insel. Was haltet ihr davon?«

Zoe war erstaunt, dass ihr Vater ihnen die Wahl ließ. Also schätzte er die Lage nicht wirklich dramatisch ein.

Ricardo räusperte sich, nachdem er sich mit einem kurzen Blick zu den Mädchen versichert hatte, sagte er: »Ganz ehrlich? Wir würden lieber hierbleiben.«

Zoe und Merle nickten zu seinen Worten. »Bitte Papa, wir sind doch gerade erst angekommen!«

Dr. Balter seufzte: »Na gut, dann bleibt ihr vorerst hier. Dann zeige ich euch jetzt den Rest des Camps.«

Mieke und Tom grinsten sich an. Sie freuten sich, die Kinder im Camp zu haben. Die Freunde folgten Zoes Vater über den freien Platz und dann einen weiteren Pfad entlang.

»Ich würde zu gerne wissen, was diese ganzen Felsenbilder eigentlich bedeuten.« Merle blieb vor einer großen Felswand stehen, die sich in den Himmel zu recken schien. In kleinen Felsnischen suchten Sträucher und Blumen Halt und nahmen durch ihr sattes Grün der dunklen Farbe des Felsens die Strenge. Merle legte ihren Kopf in den Nacken und bestaunte die vielen und teilweise riesigen Spiralen, die sich den Felsen hinaufzuwinden schienen. »Und das alles ohne Gerüst und doppelten Boden«, murmelte sie. Es war wirklich erstaunlich. Plötzlich zog aber etwas anderes sie in ihren Bann. Einige Blätter eines großen Farnes weit über ihnen, fingen an, sich zu bewegen. Es war komplett windstill, also konnte der Wind nicht die Ursache dieser Bewegung sein. Sie hielt sich eine Hand vor die Augen und suchte den Hang ab. Da war doch etwas.

Aber bevor sie etwas sagen konnte, rief Zoe: »Willst du da eigentlich Wurzeln schlagen?«

Merle wandte den Blick wieder nach unten und folgte den anderen. Wahrscheinlich hatten ihre Sinne sie getäuscht. Was konnte dort oben schon sein? Doch Merle hatte die Frage falsch gestellt. Nicht *was* konnte dort oben schon sein, sondern wer …

Der Rest des Camps war recht überschaubar und längst nicht so groß wie in Japan. Es verteilte sich auf wenige größere Plätze, die alle durch verschlungene Pfaden miteinander verbunden waren. Jeder Pfad machte seinem Namen alle Ehre und war eng und manchmal auch recht steil. Oft waren diese Wege von Felsen eingefasst oder von den Kronen großer Bäume überspannt. Auch Palmen wuchsen an vielen Stellen.

»Puh, ich glaube, die Idee mit den Wegweisern finde ich echt gar nicht so dumm«, meinte Ricardo.

»Und das, wo du doch der Blitzdenker vom Dienst bist«, grinste Zoe.

»Du bist heute so witzig. Kommt das, weil du noch nicht gelaufen bist?«

Zoe knurrte leise und Merle fing an zu kichern. Dr. Balter zeigte ihnen alles und schließlich waren sie wieder an ihrer kleinen Hütte angelangt. Auf Merles Frage, ob es im Camp auch eine kleine Kapelle gäbe, erklärte Dr. Balter, dass es eine solche zwar nicht gäbe, aber trotzdem alle zwei Wochen ein Gottesdienst stattfinden würde.

»Der Dorfpfarrer von Garafia, einem kleinen Dorf in der Nähe, kommt dafür hier zu uns herauf. Ich war sehr froh, als er sich dazu bereit erklärt hat. Er schien sogar richtig Freude daran zu haben, einen Gottesdienst in der Natur halten zu können.«

Merle hatte in die Hände geklatscht und gerufen: »Wie wunderbar!«

Dann wünschte Dr. Balter ihnen eine gute Nacht und die Freunde machten es sich in der Hütte gemütlich.

Merle füllte gerade Blues Wassernapf auf, als Zoe fragte: »Sagt mal, habt ihr meine Sonnenbrille gesehen?«

»Nö«, tönte es aus Ricardos Zimmer. Auch Merle hatte sie nicht gesehen.

»Das kann doch nicht sein.«

»Wieso?«, fragte Merle.

»Na ja, ich bin mir total sicher, dass ich sie auf diese kleine Holzkommode gelegt hatte.«

»Und jetzt ist sie nicht mehr da?«

»Nein!«

Da Ricardo wusste, dass Zoe immer sehr auf ihre persönlichen Dinge achtgab, schlurfte er langsam aus seinem Zimmer und half suchen. Aber die Sonnenbrille blieb verschwunden.

»Das gibt es doch nicht«, wunderte sich Zoe. »Wer klaut denn eine Sonnenbrille, die hat doch gar keinen Wert.«

Da kam Merle wieder die Bewegung der Farnwedel in den Sinn und sie erzählte ihren Freunden davon.

»Ja, aber was soll das denn mit meiner Sonnenbrille zu tun haben?«, fragte Zoe irritiert.

»Ich weiß nicht, aber ich hatte so ein merkwürdiges Gefühl. Als ob wir beobachtet werden würden.«

Nun wurde Ricardo munter: »Und denkt auch an das Geräusch, das wir kurz vorher gehört haben, und auch an Blues Reaktion.«

»Stimmt«, bestätigte Zoe, »irgendetwas war da. Und mittlerweile glaub ich auch nicht mehr, dass es ein Tier war.«

»Ob das mit dem Aufbrechen der Hütte und dem Schriftzug zu tun hat?«, überlegte Merle.

»Wer weiß«, sinnierte Ricardo. »Aber irgendwas stimmt hier nicht. Jemand war hier und hat die Sonnenbrille mitgehen lassen. Das steht mal fest.«

Sie suchten noch eine Weile, gaben aber irgendwann unverrichteter Dinge auf. Als sie später in der Küche saßen und Kerzen ihr weiches Licht im Raum verteilten, meinte Ricardo plötzlich: »Francesca hat irgendwas von einer alten Sekte gemurmelt.«

Zoe hob ruckartig ihren Kopf, so dass ihre großen Ohrringe klingelten. »Was hast du da gesagt?« Auch Merle blickte ihn neugierig an.

»Ich bin doch seit zwei Jahren in der Spanisch AG.«

»Ja, und?«, fragte Merle ungeduldig.

»Na ihr wisst doch, dass ich Verwandte in Spanien habe.« Zoe und Merle nickten. »Deswegen sind wir ja auch in den Ferien oft dort. Und die AG hält mein Spanisch immer schön frisch.« Zoe nickte wieder, konnte das aber eigentlich nicht so recht nachvollziehen. Fremdsprachen waren für sie eine unüberschaubare Angelegenheit.

»Und?«, bohrte Merle nach. Ihr war noch immer nicht klar, worauf Ricardo hinauswollte.

»Francesca hat ja neben Englisch auch Spanisch gesprochen. Und die paar Worte, die ich verstanden haben, waren *alt* und *Sekte* und *Unheil.*«

Die Worte hingen wie Rauch in der Küche und auf einmal schienen dunkle Schatten das gemütliche Kerzenlicht zu verdrängen.

»Unheil?«, fragte Merle ungläubig.

»Ja«, bestätigte Ricardo knapp.

»Bist du sicher?«, fragte Zoe.

»Klar bin ich sicher!« Unwillkürlich blickte Zoe zu den weit offenstehenden Fenstern.

»Ich glaube, wir sollten vorsichtiger sein. Nicht nur wegen möglicher Stechmücken.« Merle stand wortlos auf und verschloss die Fenster, während Zoe den großen Schlüssel in der Haustür umdrehte. Als sie zu Ricardo in die Küche zurückkehrten und sich an den Tisch setzten, saß er noch immer regungslos dort und starrte die Wand an. Merles Herz begann zu rasen. »Gibt es noch was?«, fragte sie mit flatternder Stimme.

»Ja-a!« Ricardo brauchte mehrere Anläufe, um sagen zu können, was er noch gehört hatte.

»Wie bitte? *Opfer?*« Merle sprang von ihrem Stuhl auf und starrte Ricardo fassungslos an.

»Und das erzählst du uns erst jetzt?« Ricardo hob beschwichtigend seine Hände, aber Merle war nicht zu bremsen. »Etwa Menschenopfer?«

»Nein, nein«, versuchte Ricardo sie zu beruhigen. »Es war lediglich von Opfern die Rede.«

Auch Zoe war aufgestanden und lief unruhig in der Küche auf und ab. »Was ist hier eigentlich los? Sowas gibt es doch heute gar nicht mehr.«

Ricardo rieb sich seine Nase und meinte: »Stimmt. Die alten Zeiten sind ja schon lange vorbei, und nur, weil hier in der Nähe ein alter Opferplatz ist, heißt das ja noch lange nicht, dass dort auch noch Opfer dargebracht werden. Das hätte ja jemand vom Team mitbekommen.«

»Trotzdem sollten wir es morgen früh deinem Vater sagen«, meinte Merle.

»Erinnerst du dich, was mein Vater vorhin gesagt hat?«

»Verflixt.« Das hatte Merle tatsächlich vollkommen vergessen. Zoes Vater war zwei Tage auf der Nachbarinsel Teneriffa unterwegs, um Einkäufe für das Camp zu tätigen. »Manche Dinge bekomme ich halt nicht auf La Palma«, hatte er erklärt.

»Wir entscheiden morgen früh, ob wir ihn anrufen oder nicht«, sagte Zoe. »Jetzt gehen wir erstmal schlafen«.

Dass ihre Stimme gar nicht so fest klang wie gewöhnlich, gefiel Merle ganz und gar nicht. Schließlich war Zoe doch sonst immer so mutig!

Trotz ihrer Besorgnis schliefen die drei Freunde gut. Das lag vielleicht auch an Blue, die sich nach dem Futtern ausgiebig geputzt und sich dann total entspannt in Zoes Bett zum Schlafen eingerollt hatte. Diese friedliche Stimmung schien abgefärbt zu haben.

Als die Freunde am nächsten Morgen in Richtung Küchenhaus trotteten, hing über dem Camp eine eigentümliche Stimmung.

»Was ist denn hier los?«, murmelte Merle.

Zoe blickte sich überall um und antwortete: »Ich weiß nicht, aber es ist so still hier.«

Tatsächlich, jetzt bemerkte es auch Ricardo. Die Stille war für das Camp-Leben ungewöhnlich. Normalerweise strömten um diese

Zeit schon Leute mit knurrendem Magen eilig in die Küche. Überall hörte man sonst Stimmen und es wurde gelacht und manchmal sogar gesungen. Aber heute Morgen war von all dem nichts zu sehen und auch nichts zu hören. Die Stille breitete sich in Merles Magen aus und ihr wurde ganz mulmig zumute.

»Wo sind denn alle hin?«, fragte sich Ricardo gerade, als Merle einen kleinen Schrei ausstieß. »Da oben, da bewegt sich was. Da ist jemand und beobachtet uns!«

Ricardo und Zoe folgten mit ihren Augen automatisch Merles ausgestrecktem Arm und blickten nach oben. Tatsächlich, da war jemand. Doch ob es ein Mensch oder ein Tier war, konnte Ricardo nicht mehr feststellen. »Bist du sicher, dass es eine Person war?«

»Ja, klar«, antwortete Merle entrüstet. »Ich werde doch noch einen Menschen von einem Tier unterscheiden können.«

»War es eine Frau oder ein Mann?«, fragte Zoe.

»Ist das hier jetzt ein Verhör oder was?«

Zoe schüttelte heftig ihren Kopf. »Nein, nein. Merle, du verstehst mich völlig falsch. Ich will doch bloß rausfinden, wer das dort oben war.«

Merle setzte sich auf einen kleinen Felsen, der ganz selbstverständlich in der Mitte des Weges lag und ihn in zwei schmale Hälften teilte. »Keine Ahnung, ob das ein Mann oder eine Frau dort oben war. Aber er oder sie hat uns beobachtet. Da bin ich mir ganz sicher.«

Ricardo sah nochmal nach oben, konnte aber außer hin- und her schwingenden Pflanzen nichts mehr sehen. »Echt abgedreht. Kommt, lasst uns zu den großen Felsen gehen.« Als Zoe und Merle ihn ratlos anblickten, ergänzte er: »Na, die Felsen, an denen gerade die neuen Felszeichnungen untersucht werden. Da hier keine Menschenseele zu sehen ist, nehme ich an, dass sie alle dort sind.«

Zoe nickte. »Vielleicht gibt es Neuigkeiten.«

Merle blickte sie skeptisch an. »So wichtig, dass sie sogar ihr Frühstück vergessen?«

Aber Ricardo sollte Recht behalten, nach wenigen Minuten konnten die Freunde erregte Stimmen hören und bald sahen sie auch Leute vom Camp. Sie bildeten eine richtige Traube um Mieke und Tom. Miekes rote Haare flatterten im leichten Wind, und sie versuchte gerade, sie mit einem Haarband zu bändigen. Dabei sprach sie pausenlos auf die Umstehenden ein. Tom hingegen sah ziemlich perplex aus und sagte gar nichts. Er hielt etwas in der Hand und starrte mit einem fassungslosen Gesichtsausdruck darauf. Als die Freunde näherkamen, sahen sie, was er dort in der Hand hielt. Es war eine riesige kohlrabenschwarze Vogelfeder. In der Sonne glänzte sie wie frisch gegossenes Pech. Merle musste sofort an das Märchen von Frau Holle denken. Langsam gingen die Freunde näher. Als Mieke sie schließlich entdeckte, teilte sie die Menschenmenge vor sich und eilte auf sie zu. Auch Tom erwachte aus seiner Erstarrung und kam zu ihnen. Die Feder drehte er dabei unablässig in der Hand. Mit einem Seitenblick stellte Zoe fest, dass sogar Francesca unter den Leuten war. Nur Gloria fehlte.

»Was ist das?«, fragte Merle und kam sich sofort etwas blöd dabei vor. Schließlich konnte ja jeder sehen, dass es sich um eine Vogelfeder handelte. Aber keiner nahm an der Formulierung ihrer Frage Anstoß.

Tom hielt die Feder hoch und Mieke erklärte: »Das ist die Feder eines Kanarischen Rabens, des Cuervos.«

Merle sagte das nichts. »Und was hat es damit auf sich?«

Auch Zoe und Ricardo blickten neugierig auf die schwarze Feder.

»Na ja, wie soll ich das sagen?« Mieke stockte für einen Moment in ihrer Erklärung und fuhr dann nachdenklich fort: »Der Cuervo ist der größte Vogel auf La Palma und mittlerweile sehr selten. Seine Art ist vom Aussterben bedroht.«

Tom war in der Zwischenzeit unruhig von einem Bein auf das andere getreten und platzte nun auf Englisch heraus: »Wir fragen uns, was das soll, denn der Cuervo galt in früheren Zeiten als Unheilsbringer ...«

Die Freunde blickten sich ratlos an. Unheilsbringer? Was sollte das bedeuten?

»An der Feder war eine Botschaft auf einem Stück Rinde befestigt. Hier.« Mit diesen Worten reichte Mieke Zoe das kleine Rindenstück, das sie schon die ganze Zeit zwischen den Fingern drehte. Zoe blickte kurz darauf und gab es mit den Worten »Spanisch« an Ricardo weiter.

»D-das ist eine w-weitere Drohung«, murmelte er kurz darauf.

»Ja, in der Tat, das ist es«, stellte Mieke fest. »Das Ganze wird immer mysteriöser. Sie kündigen weitere Federn an, und wenn wir das nicht erst nehmen und von hier verschwinden würden, würde die dritte Feder die Warnung vor dem Tode sein.«

Merle zuckte erschrocken zusammen und auch Zoe war verunsichert. Das war ja wie im falschen Film. Ricardo bewies einmal mehr, dass er der Denker unter den drei Freunden war und fragte: »Wen meinst du denn mit *sie*?«

Mieke stutzte. »Eine gute Frage. Ich denke, dass es mehrere Menschen sind, die uns von hier vertreiben wollen, die sich durch unsere Arbeit irgendwie bedroht fühlen.«

Tom drehte noch immer die Feder in seinen Händen. Der Wind war aufgefrischt, rieb sich an den Felsen und entlockte den vielen Vertiefungen und kleinen Höhlen ein unheimliches Seufzen. Merle spürte, wie sich die Härchen an ihren Unterarmen aufstellten. Wo waren sie da hineingeraten? Mal wieder. Sie überlegte, ob sie Mieke nicht doch von dem heimlichen Beobachter und der verschwundenen Sonnenbrille erzählen sollte. Aber als sie den Mund aufmachte, blickte Ricardo sie kopfschüttelnd an. Also schloss sie ihren Mund wieder und malte Muster mit ihrem Turnschuh auf den schwarzen Sand des Bodens.

»Ich habe deinen Vater schon informiert«, sagte Mieke mit einem Blick zu Zoe. »Er wird heute Nachmittag wieder hier sein und sich selbst ein Bild machen. Die Polizei habe ich natürlich auch bereits benachrichtigt, aber die sagten mir schon am Telefon, dass es sich wohl um einen dummen Scherz handeln würde. Sie sehen aktuell keine Bedrohung für die Mitarbeiter des Camps. Eigentlich wollten sie sich ja auch gestern schon den aufgebrochenen Schuppen anschauen, aber sie hatten wohl zu viel zu tun. Es ist unklar, wann sie hier raufkommen werden.«

»Es muss immer erst etwas passieren, bevor man ernst genommen wird«, nuschelte Tom vor sich hin. Die Feder schien ihn völlig in ihren Bann genommen zu haben, denn noch immer starrte er sie an. »Ich werde sie in das Büro des Chefs legen, da ist sie am besten aufgehoben.«

Mieke nickte wortlos. Dann blickte sie die Freunde an. »Also ich persönlich nehme diese Sache auch nicht sonderlich ernst, aber ihr solltet vorerst auf der Hut sein und euch nicht zu weit von den anderen entfernen.« Mit diesen Worten drehte sie sich um und rief die Leute zum Frühstücken auf.

Auch die Freunde spürten eine ziemliche Leere im Magen und machten sich auf den Weg in die Küche. Dort waren Francesca und auch Gloria mittlerweile schon bei der Arbeit. Heute gab es süße Pfannkuchen, und Merles Augen strahlten mit der Morgensonne um die Wette.

Zwischen zwei Bissen sagte Ricardo: »Ich schlage vor, dass wir uns nachher mal genauer im Camp und vor allem oberhalb davon umschauen. Wenn dort oben jemand unterwegs war, hat er vielleicht irgendwelche Spuren hinterlassen.«

Merle verschluckte sich fast. »Das ist aber doch genau das, wovor uns Mieke gewarnt hat.«

Zoe blickte ihre Freundin streng an und meinte: »Ich bitte dich, das ist doch kein Problem. Wir waren in Japan in Geheimgängen unterwegs, da hält uns doch eine Feder nicht davon ab, die Gegend zu erkunden.«

Merle wurde rot und brummelte etwas Unverständliches.

»Na ihr drei, alles gut?« Die Freunde blickten hoch. Gloria stand lächelnd vor ihnen und wartete offensichtlich auf eine Antwort.

»Ja, bei uns ist alles gut«, beeilte sich Zoe zu sagen.

»Die Feder hat ganz schön für Aufruhr gesorgt. Passt gut auf euch auf.« Francesca war wie aus dem Nichts neben Gloria erschienen und stemmte ihre großen Hände in die Hüften. »Nicht, dass euch noch etwas passiert.«

Gloria schüttelte genervt den Kopf und meinte: »Nehmt sie nicht so wichtig. Sie erzählt viel, wenn der Tag lang ist.«

Ihre Schwester verschwand mit einem Schulterzucken in der Küche.

»Sorgt euch nicht und habt viel Spaß heute.« Mit diesen Worten ging Gloria weiter und verteilte riesige Mengen wunderbar duftender Pfannkuchen auf den Tellern. Als Merle endlich mit dem Essen fertig war, Ricardo war schon unruhig auf seinem Stuhl hin- und hergerutscht, gingen sie in ihre Hütte.

KAPITEL 3

DER TUNNEL

Blue quiekte erschrocken, als Zoe sie anstupste und die Katze aus ihren Träumen riss. Aber als sie mitbekam, dass es auf einen Ausflug ging, fing sie freudig an zu maunzen.

»Fehlt noch, dass sie wie ein Hund mit dem Schwanz wedelt«, spottete Ricardo.

Zoe schüttelte unwirsch den Kopf und steckte ihre Katze in den Katzenrucksack. »So, wir können dann mal los.«

Also machten sie sich zu viert auf den Weg und suchten nach einem Pfad, der sie zu der Stelle oberhalb des Camps führen würde, wo sie mit ihrer Suche beginnen wollten. Nach einer Weile fanden sie tatsächlich einen kleinen Weg, der praktisch direkt hinter ihrer Hütte in die Höhe führte.

Ricardo musterte den schmalen Pfad neugierig. »Krass, der ist mir noch gar nicht aufgefallen.«

»Mach dir nichts draus. Der ist so zugewachsen, es ist ein Wunder, dass du den überhaupt gefunden hast.« Mit diesen Worten hielt Zoe einige Zweige aus dem Weg und schob sich vorwärts. Eine Hand hielt sie dabei schützend vor den Kopf ihrer Katze. Sie wollte nicht riskieren, dass ein Ast zurücksprang und Blue verletzte. Der Pfad wand sich eng und steil den Hügel hoch.

Bald schon hörte Zoe Merle hinter sich schnaufen. »Warum muss das immer so steil sein?«

Zoe grinste, sagte aber nichts. Oben angekommen, ließ sie die strampelnde Blue aus dem Rucksack. »Ist ja schon gut.« Kaum hatte die Katze Boden unter den Pfoten, verschwand sie auch schon mit zuckendem Schwanz im Gebüsch und war nicht mehr zu sehen.

»Was macht sie denn da?«, fragte Ricardo erstaunt. Heftiges Wedeln der Pflanzen verriet den Freunden, wo Blue sich gerade aufhielt oder besser gesagt, wo sie sich durch das Gebüsch quetschte.

»Keine Ahnung, es sieht so aus, als hätte sie eine Spur in der Nase.«

Ricardo zog die Nase kraus. »Und was für eine Spur soll das sein?«

Zoe zuckte mit den Schultern: »Vielleicht Eidechsen.« Der Weg schlängelte sich in vielen Windungen an Felsen und großen Bäumen vorbei.

»Wow, guckt mal. Von hier hat man einen tollen Blick runter ins Camp.«

Zoe blickte Merle über die Schulter und nickte. »Cool.« Plötzlich hörten sie ein Knurren und Fauchen aus dem Busch. »Blue!«, rief Zoe ganz hektisch. »Was hast du denn?« Blue fauchte immer lauter, und ihr Knurren klang richtig bedrohlich. Plötzlich schoss sie wie eine Kanonenkugel auf die Freunde zu, sprang mit einem riesigen Satz Zoe in die Arme und rieb aufgeregt ihren Kopf an ihrem Kinn.

»Hey«, versuchte Zoe ihre Katze zu beruhigen. »Was ist los?« Sie erstarrte zu einer Salzsäule, als unvermittelt ein lautes Rascheln neben ihnen zu hören war. Merle hingegen machte vor Schreck einen Satz zur Seite.

»Hoppla«, rief Ricardo und packte sie am Arm. »Hier oben musst du vorsichtig sein, nicht, dass du uns noch vom Felsen stürzt.«

Merle war kreidebleich geworden und nickte schuldbewusst. Ricardo hatte recht, unbedarftes und unüberlegtes Verhalten war in dieser luftigen Höhe völlig unangebracht. Leise sprach sie ein kleines Gebet: »Ich danke dir dafür, dass mir nichts passiert ist und ich so fürsorgliche Freunde habe.« Wie gut, dass Gott immer auf sie aufpasste, aber sie nahm sich vor, ihren Teil dazuzutun und besser auf sich zu achten.

Zoe legte ihren Kopf schief und lauschte den Geräuschen. »Wer oder was auch immer es war, es entfernt sich.«

»Gut, gut«, murmelte Ricardo. »Ich schaue mal nach, ob ich noch etwas sehen kann.«

Bevor Zoe und Merle protestieren konnten, war er auch schon verschwunden. »Das gibt es ja nicht. Das kann doch nicht sein.« Merle und Zoe beobachteten die sich heftig bewegenden Zweige und Äste der Sträucher.

»Was hast du gefunden?«

»Komm da wieder raus!«

In diesem Moment krabbelte Ricardo auf allen Vieren rückwärts aus dem Gebüsch und zog einen kleinen Kasten hinter sich her.

»Was ist das denn?«, fragten die Mädchen wie aus einem Mund.

»Ich bin mir nicht sicher, aber es sieht wie eine Tierfalle aus.«

»Eine Tierfalle? Was soll denn hier damit gefangen werden? Kaninchen?«

Ricardo zuckte mit den Schultern. »Keine Ahnung, aber wir nehmen ihn besser mit und zeigen ihn später deinem Vater.«

Merle blickte auf den Kasten und schlug vor: »Dann lass den aber jetzt lieber mal hier stehen, oder willst du ihn die ganze Zeit mit dir rumschleppen?«

»Merle hat Recht«, gab nun auch Zoe zu Bedenken. »Wir sind ja gerade erst losgegangen, und ehrlich gesagt möchte ich noch nicht zurück.«

Ricardo überlegte einen kurzen Augenblick, dann nickte er und versteckte den Kasten unter einer großen und weit verzweigten Baumwurzel. »Hier wird den so schnell keiner finden.«

Zoe kicherte. »Na Hauptsache, du findest den nachher selber wieder.«

»Klar, was denkst du denn?«

Blue hatte sich mittlerweile wieder beruhigt, so dass Zoe sie wieder auf den Boden setzen konnte. Aber ganz behaglich war ihr wohl noch immer nicht zumute, denn sie blieb ungewohnt dicht bei den Freunden und verzichtete auf ihre üblichen kleinen Abstecher ins Gebüsch. Selbst die Eidechsen konnten sie nicht mehr locken. Dafür jagte sie bunten Schmetterlingen nach, die mitten auf dem Weg zu Tanzen schienen. Zum Glück waren sie schlau genug, immer einen gebührenden Abstand zu der Katze zu lassen. Nach einer Weile gab Blue enttäuscht auf und tat so, als würden die vor ihr flatternden bunten Flügeltiere sie gar nicht mehr interessieren. Merle kicherte leise, als sie das bemerkte. Das Wetter war sehr schön und es war keine Wolke am Himmel zu sehen. Das Sonnenlicht flirrte durch die Äste und warf helle Kringel auf den sandigen Boden. Zoe atmete tief ein und es schien ihr, als würde sie Salz auf der Zunge schmecken. Dafür waren sie eigentlich zu weit vom Atlantik entfernt, aber wer weiß, vielleicht hatte eine vorwitzige Meeresbrise doch etwas Meersalz zu ihnen herübergetragen. Auch Merle schnupperte und lächelte dann versonnen.

Ricardo wiederum blickte sich aufmerksam um und sammelte Eindrücke. Ihn interessierte einfach alles. Welche Erdschichten deuteten auf welches Zeitalter, welche Tiere gab es zu sehen und aus welcher Richtung kam der Wind? Das alles speicherte er sorgfältig auf seiner internen Festplatte ab, damit auch ja nichts verloren ging. Seine Erinnerungen und sein Wissen hatten ihm schon mehrfach geholfen. Er konnte nicht anders, als alles, was er sah, zu analysieren und abzuspeichern. Aber nebenbei genoss er auch die Sonne und den sanften Wind auf der Haut. Es war nicht zu heiß und nicht zu kalt. Der typische kanarische ewige Frühling. So hatte er es zumindest in einem Reiseführer gelesen. Der ewige Frühling, ob das auf Dauer nicht auch etwas langweilig wurde? So ganz ohne Kälte und Schnee zu leben oder überhaupt ohne klar definierte Jahreszeiten, war sicher ein ganz eigenes Gefühl. Während er so darüber nachdachte, waren sie an eine Wegkreuzung gelangt.

Zoe drehte sich einmal im Kreis und blickte aufmerksam umher. »Welchen Weg sollen wir nehmen?«

»Der hier sieht doch interessant aus«, meinte Merle.

»Aha. Na gut, ich weiß zwar nicht, was an dem jetzt interessant aussieht, aber was soll's. Folgen wir ihm.« Ricardo grinste Merle an, aber sie hatte heute Morgen viel zu gute Laune, um sich ärgern zu lassen. Nach einer Weile fing Blue an zu maunzen und rieb ihren Kopf an Zoes Beinen. Die Katze war müde und wollte getragen werden.

»Na komm mein kleiner Liebling, ab in den Rucksack mit dir.«

Nun lachte Ricardo aus vollem Hals. »Weißt du, warum Blue alles versteht, was du sagst?«

Zoe schüttelte den Kopf.

»Na du sagst ja nur Wörter wie *Süße* und *mein kleiner Liebling* zu ihr. Diesen phänomenal großen Wortschatz kann sich wahrscheinlich wirklich jede Katze merken.« Vor lauter Lachen musste sich Ricardo die Seiten halten.

Zoe schaute ihn genervt an. »Sag Bescheid, wenn du fertig bist mit lachen, damit wir dann weitergehen können.«

Erneutes lautes Japsen war zu hören. Ricardo war nicht mehr in der Lage, ein sinnvolles Wort herauszubringen.

Merle hatte sich in der Zwischenzeit umgesehen und meinte: »Ähm, ich will euch ja in eurem netten Geplauder nur ungern unterbrechen, aber vielleicht wäre es ganz nett, wenn ich eure volle Aufmerksamkeit bekommen könnte.« Die Stimme ihrer Freundin klang so ernst, dass Zoe und Ricardo den Mund schlossen und sich sofort zu ihr umdrehten. Zoe erstarrte.

Ricardo trat ein wenig näher. »Ein Tunnel! Das ist ganz offensichtlich ein Tunnel.« Er schob einige Pflanzenranken zur Seite, die eine dunkle Öffnung verbargen.

Merle zog ihre Nase kraus. »Da kommt ja richtig kalte Luft raus. Wie aus einer Gruft. Total unheimlich.«

Zoe wusste, was ihre Freundin meinte. Vor ihnen zeigte sich eine dunkle, fast kreisrunde Öffnung, die nicht sonderlich hoch war. Um hineingehen zu können, würden sie sich bücken müssen. Von oben hing ein grüner Pflanzenteppich hinunter und verdeckte den Eingang zur Hälfte. Es sah nicht sehr einladend aus, denn außer einer tiefen Schwärze war nichts zu sehen. Außerdem strömte wirklich sehr kühle Luft aus der Öffnung.

»Seht mal, da vorne mündet auch ein kleiner Kanal in den Tunnel.« Ricardo ging hinüber und sah sich das genauer an. »Jetzt weiß ich, was das ist.« Davon hatte er nämlich schon in seinem Reiseführer gelesen. Zoe und Merle sahen ihn neugierig an. »Das ist ein alter Bewässerungskanal, der hier durch den Berg führt.«

»Also, wenn wir ja schon wissen, wofür der Tunnel ist, können wir uns ihn ja auch mal genauer anschauen.«

Merle sah bei ihren Worten gar nicht froh aus: »Echt jetzt? Müssen wir da wirklich rein? Der sieht nämlich nicht gerade einladend aus.«

Zoe grinste: »Na ja, Fledermäuse machen dir seit Japan doch sicherlich nicht mehr so viel aus, oder?«

Merle blickte aus der Wäsche, als hätte sie akute Zahnschmerzen bekommen. »Erinnere mich bloß nicht daran.« In Japan hatten sie in alten Grabanlagen und vielen Geheimgängen eine Unzahl von Fledermäusen aufgestöbert. Und die fand Merle widerlich. Auf diese pelzigen Flugtiere hatte sie überhaupt keine Lust mehr.

»Da wird es keine Fledermäuse drin geben. Die mögen nämlich keine Zugluft. Und da es ja ein Tunnel und keine Höhle ist, ist es logisch, dass es dort zieht.« Ricardo war sich seiner Sache sicher. Routiniert zog er sein Handy aus der Hosentasche und schaltete die Taschenlampenfunktion ein. Beherzt bückte er sich und verschwand ohne ein weiteres Wort in der schwarzen Öffnung.

»Und weg ist er«, murmelte Merle.

»Ach, komm schon.« Zoe packte Merle am Arm und folgte mit ihrer Freundin im Schlepptau Ricardo in den Tunnel.

»Aua, mein Kopf«, schimpfte Merle, als sie einen kleinen Felsvorsprung streifte.

Ricardo leuchtete zu ihnen herüber und meinte ganz enthusiastisch: »Ist doch voll cool hier, oder?«

Merle klapperte mit den Zähnen: »Wenn du mit cool wörtlich kalt meinst, hast du meine vollste Zustimmung.«

Zoe aber hatte ganz andere Gedanken. »Wo der Tunnel wohl hinführt? Wollen wir ihm nicht eine Weile folgen?«

Ricardo überlegte kurz und meinte dann: »Von mir aus ja, aber wir sollten zur Sicherheit immer nur ein Handy als Lichtquelle benutzen, damit wir auf die anderen Handys ausweichen können, falls der Akku schlapp macht.«

Merle holte tief Luft und gestand: »Also auf mich könnt ihr da leider nicht zählen, mein Handy hängt zu Hause am Ladekabel.«

»Echt jetzt?«, fragte Ricardo genervt.

»Klar, wen sollte ich hier draußen denn auch anrufen. Wir wollten doch bloß eine kleine Erkundungstour machen. Und überhaupt«, fuhr Merle fort, »du bist doch normalerweise auch nicht so der digitale Typ und magst echte Landkarten lieber als digitale auf dem Display des Handys.«

Ricardo schaute sie sprachlos an und meinte dann: »So gesehen hast du echt recht.«

»Aber ich finde es trotzdem wichtig, ein Handy für den Notfall dabei zu haben«, meinte Zoe. »Man weiß nie, was passieren wird. Auch nicht bei einer kurzen Tour.«

Ricardo und Merle blickten ihre Freundin an und meinten gleichzeitig: »Stimmt auch wieder.«

Lächelnd drehte Ricardo sich um und ging vorsichtig weiter. Die Mädchen folgten ihm langsam. Nach einer Weile meinte er: »Ist echt ganz schön frisch hier drinnen.«

»Ach? Finde ich nicht.«

»Na du hast ja auch deine kleine Wärmflasche mit Fell vor deinem Bauch hängen. Da wäre mir auch nicht kalt«, grummelte Merle.

Stimmt, daran hatte Zoe gar nicht gedacht. Blue wirkte wirklich wie ein kleines Wärmekissen oder eine Wärmflasche. Das war eigentlich ziemlich nett bei der Kälte hier drinnen.

»Da vorne macht der Tunnel einen Bogen«, stellte Ricardo plötzlich fest.

Merle war schon einige Male ins Stolpern geraten und wäre einmal auch fast in den Wasserkanal geplumpst, konnte sich aber im letzten Moment noch fangen. Deshalb war sie froh, als ein dämmriges Licht zu sehen war.

»Hey, da vorne gehts raus«, meinte Ricardo.

»Wird auch Zeit, sonst lande ich doch noch im Wasser.« Darauf hatte Merle nämlich überhaupt keine Lust. Am Ende des Tunnels mussten sie sich wieder bücken, um sich nicht den Kopf anzustoßen. Als sie aus der Dunkelheit traten, hielten sie sich die Hände vor die Augen. Das Sonnenlicht war so hell, dass sie erst nach geraumer Zeit etwas erkennen konnten.

»Wow«, staunte Zoe. Auch ihre Freunde waren sprachlos. Nicht weit unter ihnen lag ein kleines Dorf. Weiße, braune, blaue und rote Häuser breiteten sich fächerartig über den Hang aus. Ziegen liefen in den Gärten herum und irgendwo krähte ein Hahn.

»Wie wunderschön«, flüsterte Merle.

»Absolut«, meinte Ricardo, denn auch er konnte sich dem Zauber, der sich dort vor ihnen ausbreitete, nicht entziehen.

»Was für eine Idylle.« Zoes Stimme klang ganz weich.

»Wieso hat uns keiner von dem Dorf erzählt?«, wunderte sich Ricardo.

»Keine Ahnung.« Zoe blickte noch immer staunend auf das Dorf. »Kommt, wir schauen es uns mal an.«

Als sie sich froh gelaunt den ersten Häusern näherten, verschwanden manche der Bewohner in ihren Häusern. Andere wiederum starrten sie neugierig an. Als sie an einem kleinen Lebensmittelladen ankamen, beschlossen sie spontan, sich etwas zu trinken zu kaufen.

»Wow«, staunte Zoe. »Hier gibt es wirklich alles, was man braucht. Da muss man zum Einkaufen jedenfalls nicht das Dorf verlassen. Sehr cool.«

Als sie Limonade schlürfend vor dem Laden auf einem kleinen Holzblock in der Sonne saßen, kam ein Mädchen auf sie zu. Sie war ungefähr in ihrem Alter und blickte sie neugierig an. Beim Näherkommen flatterten ihre langen blonden Haare im Wind um die Wette und ihre Augen strahlten in einem hellen Blau.

»Hola!«, sagte sie und nickte den Freunden zu. »Kann ich die Katze mal streicheln?« Da das Mädchen ihre Hand zu der Katze streckte, brauchte Zoe keinen Dolmetscher. Sie nickte zustimmend. Das Mädchen kraulte Blue sanft unter dem Kinn. Das mochte die Katze besonders gerne und sie fing augenblicklich an zu schnurren. Genüsslich streckte sie ihren Kopf aus dem Rucksack.

»Wie weich ihr Fell ist.«

Diesmal musste Ricardo dolmetschen. Wieder nickte Zoe, denn das hörte sie nicht zum ersten Mal.

»Ich bin Paola, und wer seid ihr? Ihr kommt doch bestimmt aus dem Camp, drüben hinter den großen Felsen, oder?« Nachdem Ricardo alle vorgestellt und für die Mädchen eilig übersetzt hatte, nickte Zoe. Dann wollte sie wissen, wieso Paola dachte, dass sie vom Camp wären. Ricardo gefiel sich langsam in der Rolle des Dolmetschers. Aber es war auch ganz schön anstrengend.

»Naja, hierher verirren sich nicht oft Touristen. Manchmal kommen Wanderer vorbei, das ist aber sehr selten.« Also erklärte Ricardo, woher sie kamen und warum sie hier waren.

»Ach, der Tunnel, ja den kenne ich gut. Der schnellste Weg zum Camp führt durch diesen Tunnel. Nur kennt ihn kaum einer.«

Das leuchtete Ricardo ein, denn auch sie selbst hatten ihn ja allein durch Zufall gefunden.

»Paola!«, ertönte in diesem Moment eine männliche Stimme. Paola seufzte und flüsterte etwas, dann rannte sie los.

»Warum rennt sie denn jetzt davon und was hat sie noch gesagt?«, wollte Zoe wissen.

»Sie meinte, dass sie zurückmuss, aber dass sie uns mal besuchen kommt.« Ricardo knetete nachdenklich sein Kinn. »Hm, ich bin mir nicht so sicher, aber wenn ich das richtig verstanden habe, hat sie einige Fragen, die sie uns stellen möchte.«

»Was denn für Fragen?«, wunderte sich Merle.

»Keine Ahnung, das hat sie ja nicht gesagt.« Die Freunde blickten ihr neugierig hinterher. Schneller als der Wind war das Mädchen mit wehenden Haaren in einem blauen Haus verschwunden. Ein großer Junge stand in der Tür und blickte die Freunde grimmig an. Zumindest wirkte das so, denn aus der Entfernung ließ sich das nicht so genau sagen.

»Na, die ist dann wohl mal weg. Kommt, gehen wir auch nach Hause.« Mit diesen Worten stand Merle auf und warf ihre leere Flasche in den Mülleimer, der vor dem Laden stand. Zoe und Ricardo taten es ihr gleich. Seite an Seite machten sie sich auf den Rückweg. Als Ricardo sich nach einiger Zeit noch einmal umdrehte, war der Junge in der Tür verschwunden, aber aus einem der oberen Fenster winkte ein Mädchen. Ihre langen Haare leuchteten in der Sonne fast golden. Ricardo winkte zurück. Als er sich gerade wieder umdrehen wollte, stockte er.

»Ist was?« Zoe blickte ihn fragend an.

»Paola hat eben von dort oben aus dem Fenster gewinkt.«

»Äh, ja und?«

»Sie wurde plötzlich vom Fenster weggezerrt. Das war total krass. Ich mein, das sah irgendwie richtig heftig aus.«

Zoe blickte ihn zweifelnd an. »Bist du sicher?«

»Klar bin ich das!«

Merle blickte verwirrt von einem zum anderen. »Wer sollte denn was dagegen haben, dass sie uns winkt?«

»Ist schon irgendwie merkwürdig«, sagte Zoe nachdenklich.

»Keine Ahnung, was das bedeutet.« Den Rückweg legten sie, bis auf wenige Ausnahmen, schweigend zurück. Der Tunnel erschien ihnen nun schon viel vertrauter, und bald waren sie auf dem engen Pfand angekommen, der zurück ins Camp führte.

Irgendwann blickte sich Ricardo aufmerksam um und schaute unter jeden Busch. »Hier muss es doch irgendwo sein.«

»Ach ja, die Falle.« Zoe hatte schon gar nicht mehr daran gedacht.

Merle strich mit den Händen über die zerfurchte Rinde eines Baumes und zeigte dann nach vorne. »Da, der Strauch da muss es sein.«

Ricardo ließ sich auf alle Viere nieder und spähte unter den Busch. »Hier ist aber nichts.«

Zoe bückte sich und strich mit ihren Fingern über den anthrazitfarbenen Sand. »Hier, seht mal. Das sind Abdrücke im Sand. Das war hundert pro die Stelle, an der die Falle stand.«

»Das gibt es doch nicht«, murmelte Ricardo.

»Ist ja schon ein bisschen unheimlich, oder? Ich meine, wer klaut denn eine Falle?« Merles Stimme war kaum mehr als ein leises Flüstern.

Ricardo blickte sie erstaunt an. »Wieso flüsterst du denn? Hier ist doch keiner. Und dass die Falle weg ist, finde ich zwar merkwürdig, aber das braucht dir doch keine Angst zu machen. Der Jäger wird hier vorbeigekommen sein und ist dabei praktisch über seine Falle gestolpert. Vielleicht hat er auch schon danach gesucht. Wer weiß, wie oft er jeden Tag die Fallen kontrolliert.«

»Wieso Fallen?«, flüsterte Merle. »Meinst du, hier stehen noch mehr im Busch herum?«

»Klar.« Ricardo stand auf und fuhr fort: »Ein Jäger hat immer mehrere Fallen, die er in der Umgebung verteilt aufstellt. Das ist völlig normal. Sicher wollte er Kaninchen damit fangen. Die gibt es hier doch so zahlreich. Jedenfalls habe ich davon gelesen.«

Auch Zoe stand auf und meinte: »Ricardo hat Recht. Ich finde es zwar auch irgendwie merkwürdig, dass die Falle so schnell wieder verschwunden ist, oder besser gesagt, mitgenommen wurde, aber irgendwie verdächtig ist das noch lange nicht.«

Merle seufzte und meinte: »Okay, okay.«

Den restlichen Weg ging sie zwischen Zoe und Ricardo. Auch wenn ihre Freunde anderer Meinung waren, irgendetwas stimmte hier nicht, das sagte ihr ihr Bauchgefühl sehr deutlich. Natürlich war es nicht die Sache mit der Falle allein. Aber die Sabotage im Camp, die Drohung mit der Feder und die verschwundene Sonnenbrille. Das passte zwar alles nicht zusammen, ergab aber insgesamt ein Bild, das nicht gerade gemütliche Gefühle in ihr weckte. Im Gegenteil! Und sie war sich sicher, dass das noch lange nicht das Ende der Fahnenstange war. Merle wusste nicht, wie sie es in Worte fassen sollte, deshalb schwieg sie lieber. Es war mehr so ein undefinierbares Gefühl, als würde eine dunkle Wolke über ihren Ferien und den bisherigen Erlebnissen liegen. Als würde sich etwas hinter einem Vorhang aus Dunkelheit verstecken. Merle bekam eine Gänsehaut, denn der Vergleich passte ziemlich gut. Zu gut für ihren Geschmack. Sie nahm sich vor, auf alles zu achten, was ihr merkwürdig vorkam. Merle sprach still ein kleines Gebet und bat um Schutz und Führung.

In diesem Moment riss Ricardo sie aus ihren Gedanken. »Seht mal, wir sind da.«

Merle stieß einen kleinen Seufzer aus. Sie freute sich auf die Überschaubarkeit ihrer kleinen Hütte. Einfach einen Moment aufs Bett legen und ausruhen von den Ereignissen des Vormittags. Ricardo schloss die Tür auf und hängte den Schlüssel an den kleinen Haken, der innen neben der Tür hing.

»Ah, das tut gut, endlich wieder zuhause.« Auch Zoe war froh, den Rucksack abziehen zu können, denn Blue war die ganze Zeit nicht sonderlich erpicht darauf gewesen zu laufen. Die Katze hatte immer herzzerreißend gemaunzt, wenn Zoe sie aus dem Rucksack holen wollte, damit sie sich etwas die Pfoten vertreten konnte. Das Gewicht der Katze schien sich zum Schluss verdoppelt zu haben. Mit einem Seufzen setzte Zoe den Rucksack nun behutsam ab. Blue krabbelte behände heraus und raste mit hochaufgerichtetem Schwanz zu ihrem Futternapf. Ein leises Knabbern war zu hören.

Merle grinste. »Es ist doch immer wieder schön, Blue zuzuhören. Das ist absolut heimelig. Nur ihr Schnarchen stört mich nachts manchmal.«

Zoe protestierte: »Blue schnarcht doch nicht, sie atmet nur laut.« Merle zog bedeutungsvoll ihre Augenbrauen hoch und zog es vor, nichts mehr zu diesem Thema zu sagen.

Ricardo lachte laut auf. »Ist schon echt lustig, *euch* zuzuhören.« Zoe warf den leeren Rucksack nach ihm und Ricardo fing ihn, immer noch lachend, mitten in der Luft ab.

KAPITEL 4

DIE SCHWARZE FEDER

Heftiger Wind zerrte an den Fensterläden, und das Klappern weckte die Freunde in aller Frühe auf. Die Sonne schien schon vom wolkenlosen Himmel und während Merle und Ricardo sich noch nicht entschließen konnten, aufzustehen, beschloss Zoe, eine kleine Morgenrunde durch das Camp zu drehen. Als die Tür hinter Zoe ins Schloss fiel, sprang Blue auf federnden Pfoten zu Merle ins Bett und fing augenblicklich an zu schnurren.

»Na, meine Süße, bist du heute Morgen auf Kuschelkurs?« Wie zur Antwort rieb die Katze ihren plüschigen Kopf an Merles Kinn. Aus dem Nebenzimmer ertönte ein leises Kichern. »Lass den mal lachen, der versteht uns eben nicht.« Merle legte einen Arm um die Katze und schlief sofort wieder ein. Als die Haustür mit einem Krachen ins Schloss fiel, hatte sie das Gefühl, dass nur wenige Sekunden vergangen waren.

Eine offensichtlich sehr aufgewühlte Zoe stolperte herein und ließ sich kraftlos aufs Bett fallen. »Ihr glaubt es nicht, ihr glaubt es einfach nicht.«

Ricardo wankte ins Zimmer und murmelte verschlafen: »Wenn du es uns erzählen würdest, dann könnten wir dir sagen, ob wir es glauben oder nicht.«

Merle setzte sich auf und blickte Zoe fragend an. »Was ist passiert?«

Zoe versuchte, ihre Atmung zu beruhigen und brauchte zwei Anläufe, bevor sie einigermaßen flüssig von ihrem Erlebnis berichten konnte. »Ich bin durchs Camp gelaufen, es war noch keiner wach und total ruhig. Ich bin zuerst den Pfad von gestern hoch, aber oben war der Weg so schmal, dass es mir zu gefährlich war, dort zu joggen.«

»Besser ist das«, murmelte Merle, die sich noch an ihr Erlebnis von gestern erinnerte. Schließlich wäre sie selbst fast den Abhang hinuntergeflogen. Gott sei Dank hatte Ricardo sie festhalten können.

Zoe holte tief Luft und fuhr fort: »Deshalb bin ich den Weg bis zum Tunnel gewalkt, nicht gelaufen. Irgendwie hatte der Kanal mich angezogen, und ich wollte eine Weile da sitzen und meine Arme ins Wasser halten.« Während Zoe ihnen das erzählte, hielt sie die ganze Zeit etwas hinter ihrem Rücken versteckt. Merle konnte aber nicht sehen, was es war.

»Und? Weiter?«, fragte Ricardo.

»Zuerst habe ich sie nicht bemerkt. Erst als ich schon eine Zeit lang dort saß, fiel sie mir auf.«

Ricardo blickte ziemlich ratlos aus der Wäsche: »Wen, sie? Hast du Paola getroffen?«

Merle schob eine protestierende Blue von ihren Beinen und stieg aus dem Bett. Mit der rechten Hand deutete sie auf Zoes Rücken. »Zeig mal, was du da hast. Ist es das, was ich denke, was es ist?«

Ricardo blickte verständnislos von Merle zu Zoe. Ausnahmsweise stand er mal auf dem Schlauch. »Was meinst du denn?«, fragte er neugierig.

Mit zitternden Händen reichte Zoe ihrer Freundin den Gegenstand.

»Eine schwarze Vogelfeder!«, rief Ricardo überrascht. »Woher wusstest du, dass Zoe eine schwarze Feder gefunden hat?«

Merle antwortete kurz angebunden: »Weibliche Intuition.«

»Wo hast du die denn gefunden?« Ricardo konnte es immer noch nicht ganz begreifen.

»Sie hing an einem Band von der Tunneldecke, direkt am Eingang.« Zoe zog Blue auf ihren Schoß. Das Schnurren ihrer Katze beruhigte sie etwas.

Merle drehte derweil die Feder in ihren Händen und sagte: »Sie sieht genauso aus wie die andere.«

Ricardo nickte. »Die ist für uns gedacht. Wir müssen es deinem Vater sagen.«

Zoe nickte matt. Normalerweise war sie nicht so leicht aus der Ruhe zu bringen, aber dass die Vogelfeder für sie und ihre Freunde bestimmt gewesen war, hatte sie sofort begriffen. Und diese Erkenntnis beunruhigte sie sehr. Irgendjemand wollte verhindern, dass sie wieder dort oben über dem Camp unterwegs waren. Aber wer? Zum Glück war ihr Vater gestern Abend schon aus Teneriffa zurückgekehrt. Die Freunde hatten nach einem leckeren Mittagessen und einem geruhsamen und ereignislosen Nachmittag ein schönes gemeinsames Abendessen mit ihm in der Küche gehabt. Auch Tom und Mieke waren noch eine ganze Weile sitzen geblieben. Sie hatten ja viel zu erzählen gehabt. Die Sache mit der Feder hatte Dr. Balter erst nicht so ernst genommen, aber Tom war da ganz anderer Ansicht gewesen. Die Polizisten, die nachmittags doch noch im Camp vorbeigekommen waren, hatten leider auch keine hilfreichen Informationen beisteuern können. Schon nach kurzer Zeit waren sie wieder gefahren. Aber es wurden an dem Abend nicht nur Probleme gewälzt. Sie hatten auch andere Themen gefunden und gemeinsam viel Spaß gehabt. Merle hatte vorgeschlagen, jeden Tag eine Tageslosung auf den großen Felsen in der Nähe der Küche zu schreiben, auf Deutsch, Englisch und Spanisch. So würde jeder, der zum Essen ging, sie lesen können. Abends hatte Merle sich mit Feuereifer an die Sache gemacht. Sie wollte sich diese Arbeit mit Tom teilen, der auch gleich den ersten Morgen übernehmen wollte. Merle hatte sich sehr darauf gefreut, aber nun war alles anders. Sie hatten eine schwarze Feder erhalten und das war alles andere als lustig.

»Warum haben wir die überhaupt bekommen?«, fragte sie.

»Ist doch klar«, war sich Ricardo sicher. »Jemand möchte nicht, dass wir dort durch den Tunnel gehen.« Nachdenklich rieb er sich seine Nase. »Aber es kommt noch besser. Ich bin mir sicher, dass es gar nicht um den Tunnel oder den Pfad dort oben geht ...«

»Sondern um das Dorf«, fuhr Merle flüsternd fort.

Ricardo nickte. »Jemand will verhindern, dass wir nochmal in das Dorf gehen. Aber warum. Und wer?«

Das war die große Frage, die keiner von ihnen beantworten konnte. »Kommt«, meinte Merle schließlich. »Es ist sowieso schon Zeit fürs Frühstück. Wir machen uns jetzt besser auf den Weg. Nicht, dass es deinem Vater noch einfällt, spontan einen Besuch in Madrid oder so zu machen.« Merle griff sich die Feder und dann zogen sie los.

»*Was* habt ihr gefunden?«, fragte Dr. Balter fassungslos. Er glaubte seinen Ohren nicht zu trauen.

»Wo habt ihr die denn gefunden?«, schaltete sich Tom in das Gespräch ein. Er zog Merle die Feder aus der Hand und besah sie sich von allen Seiten. »Well, sie ist praktisch identisch mit der ersten«, stellte er fachmännisch fest.

Mieke war ganz blass geworden und meinte: »Das ist langsam aber nicht mehr lustig. Wir müssen etwas unternehmen.«

»Aber was denn?«, fragte Dr. Balter. »Ich glaube immer noch, dass es ein Streich und nicht wirklich ernst gemeint ist.«

In diesem Moment kam Francesca mit einem Tablett voller Geschirr an ihnen vorbei. Sie hatte die letzten Worte von Dr. Balter gehört und blieb stehen. Ihre Stimme war kaum zu hören, als sie sagte: »Die Federn sollten Sie schon ernst nehmen, denn sie sprechen die Sprache des Krieges.«

Dr. Balter blickte sie skeptisch an und fragte: »Sprache des Krieges? Wie ist das denn zu verstehen?«

Francesca stellte das Tablett ab und setzte sich zu ihnen. Aus den Augenwinkeln sah Ricardo, wie Gloria zu ihnen herüberblickte und dann eilig in der Küche verschwand.

Francesca fingerte nervös an ihrem viel zu großen T-Shirt herum und fing an zu erzählen. »Vor langer Zeit, und ich meine, vor *wirklich* langer Zeit, lebten bekanntlich die Benahoaritas auf dieser Insel. Sie waren an sich ein friedliches Volk, aber sie kannten auch den Krieg. Dabei ging es um Weidegründe und um Wegerechte. Sie mögen keine Schrift gehabt haben, aber sie hatten ihre Sprache und mit ihr die alten Legenden und Mythen. Eine davon besagte, dass, wenn ein Mensch dreimal die schwarze Feder des Cuervos gezeigt bekommen würde, er unweigerlich innerhalb von drei Monaten sterben würde.«

Dr. Balter starrte sie ungläubig an. »Aber das ist ja lächerlich, das sind alte Sagen und Legenden. Märchen, weiter nichts.«

Francesca blickte ihn trotzig an und meinte: »Sie können es doch gar nicht wissen. Sie stammen nicht von hier.«

Plötzlich stand Gloria neben ihrer Schwester. »Komm schon, verschone die Leute mit den alten Geschichten. Du machst ihnen bloß Angst.«

Francesca sah zu ihr auf und öffnete für eine Erwiderung den Mund, schloss ihn dann jedoch wieder und schwieg. Mit gesenktem Blick stand sie auf, schnappte sie sich ihr Tablett und verschwand damit in der Küche.

»Nehmt sie nicht so wichtig«, beschwichtigte Gloria. »Meine Schwester schnappt mal hier und mal da etwas auf und bringt dabei auch gerne etwas durcheinander.« Mit diesen Worten folgte sie ihrer Schwester.

Als sie außer Hörweite war, murmelte Mieke: »Was sind das bloß für Leute hier?«

Tom nickte und meinte: »Strange, really strange.«

In Gedanken gab Ricardo ihm Recht. Es war wirklich alles sehr merkwürdig.

»Hm.« Zoes Vater drehte seinen Kaffeebecher zwischen den Händen. »Natürlich glaube ich als Wissenschaftler nicht an solche Legenden, aber spannend ist das schon. Die Symbolik der drei Federn klingt sehr interessant. Symbolik zieht mich immer schon magisch an.«

Tom blickte ihn irritiert an und meinte: »Boss, diese Leute haben ganz sicher mehr als Symbolik im Kopf. Das ist gar nicht gut. Wir müssen herausfinden, wer das ist.«

Dr. Balter nickte. »Vielleicht hast du Recht.« Als er Merles angespannten Gesichtsausdruck bemerkte, schlug er vor: »Was haltet ihr davon, wenn wir heute einen Ausflug nach Tazacorte machen?« Als er die fragenden Blicke sah, ergänzte er: »Eine Stadt an der Küste, wir können in den Puerto, in den Hafen fahren und uns mal einen Urlaubstag gönnen.«

»Klasse«, rief Zoe. Sie war ganz froh, dass sie damit um die Arbeit im Camp herumkam. Darauf war sie nämlich nicht sonderlich erpicht.

»Hier gibt es ja sowieso nicht so viel zu tun für euch. Und außerdem bin ich hier der Boss und kann euch einen freien Tag genehmigen.«

Kurz darauf saßen sie auch schon im Geländewagen. Die Musik wummerte gewohnt laut aus dem Radio, und Dr. Balter lenkte den schweren Wagen sanft durch die Serpentinen, die sich durch die tief eingeschnittenen Barrancos zogen. Zoe fragte sich, was sie von all den Vorfällen halten sollte. Es war so verwirrend. Sie schüttelte sich und blickte wieder zum Fenster hinaus. Sie wollte sich auf keinen Fall die schönen Ferien verderben lassen. Die Sonne schien und kleine Wolken zogen am Himmel wie kleine flauschige Schafe dahin. In der Ferne glitzerte das Meer blau und verlockend.

»Habt ihr an eure Badesachen gedacht?« Die Freunde nickten und betrachteten sprachlos die traumhafte Landschaft, die da draußen an ihnen vorbeiflog. Zoes Vater grinste in sich hinein. Der Ausflug war eine gute Entscheidung, da war er sich ganz sicher. Er wollte es vor den Freunden nicht zugeben, aber natürlich machte er sich Sorgen um die Sicherheit aller im Camp. Er würde später am Nachmittag mit Mieke und Tom sprechen. Vielleicht würde er auch selbst noch einmal zur Polizei fahren und sich Rat holen. Vielleicht kannten sie die Sage über den Cuervo. Nein, sie mussten es ja wissen, wenn sie so lebendig im Gedankengut der Bewohner von La Palma vorhanden war. Wer sollte sie aus dem Camp vertreiben wollen und warum? Es ging doch überhaupt nicht um wertvolle Schätze oder Ähnliches. Es gab ja noch nicht einmal eine richtige Ausgrabung. Das Einzige, was sie machten, war, die Felswände nach neuen Schriftzeichen abzusuchen und diese dann wieder sichtbar zu machen, zu dokumentieren und ihre Bedeutung zu entschlüsseln. Seine Gedanken drehten sich im Kreis und er spürte sehr deutlich, dass auch er selbst eine Abwechslung und etwas Abstand gut gebrauchen konnte. Er beschloss, direkt nach Puerto de Tazacorte hinunterzufahren. Im Hafenbecken gab es an der Promenade einen schönen, vor der Brandung des Atlantiks gut geschützten Badestrand. Außerdem lag ganz in der Nähe ein ansehnlicher Yachthafen mit einem netten Restaurant. Schwungvoll verfrachtete er den Landrover in einer engen Parklücke und drehte das Radio aus.

Merle stieg mit glänzenden Augen aus. »Seht mal, wie das Meer glitzert und funkelt.« Sie fand auf die Schnelle gar nicht genügend schöne Worte, um das auszudrücken, was sie dort sah. Das Blau des Meeres schien zu leuchten und über den Wellen, die sanft an den Strand schlugen, hing ein transparenter Schleier aus Gischt.

»Einfach wundervoll«, flüsterte Zoe. Auch Ricardo starrte mit offenem Mund auf das Meer und ausnahmsweise fehlten ihm mal die Worte.

»Na, habe ich zu viel versprochen?« Zoes Vater freute sich mächtig angesichts der überraschten Gesichter der Freunde. Das würde ganz sicher ein schöner Tag werden.

Sie fanden noch einen freien Platz am gut gefüllten Badestrand und ließen sich auf ihren Handtüchern nieder. Merle ließ den schwarzen Sand durch ihre Finger rieseln und blickte verträumt auf das Meer hinaus. Zoes Blicke folgten einer Segelyacht, die mit geblähten Segeln langsam hinter der Kaimauer verschwand. Zum Schluss war nur noch die Spitze des Segelmastes zu sehen, die in der Dünung auf und ab tanzte. Zufrieden lehnte sie sich zurück. Hier konnte man wirklich auf andere Gedanken kommen. Sie war froh, dass sie Blue zuhause gelassen hatte. Hier am Strand war es viel zu warm für eine Katze. Ricardo konnte nicht lange stillsitzen und ging eine Runde schwimmen. Er winkte den Mädchen und Dr. Balter vom Wasser aus zu und nach einer Zeit sprangen auch die anderen ins kühle Nass. Danach legten sie sich wieder auf ihre Handtücher und ließen sich von der Sonne trocknen. Ein wunderbares Gefühl.

Später aßen sie in dem kleinen Hafenrestaurant ein leckeres Mittagessen. Sie beobachteten die Möwen, die auf der Suche nach Futter dicht über dem Wasser flogen oder sich auf die riesigen Steinquader setzten, die den Hafen vor den Wellen schützten. Die Zeit verging wie im Fluge und als sie später an der Strandpromenade ein Eis holten, setzten sie sich auf die Kaimauer und ließen die Beine baumeln. Dr. Balter hatte sich verabschiedet, er wollte noch etwas einkaufen. Sie wollten sich später am Auto treffen.

Merle leckte genießerisch an ihrem Eis und meinte: »Super lecker, aber mich würde interessieren, warum das Eis *Frida Eis* heißt.

Nun kam Ricardo zum Zug: »Das Eis ist nach Frida Kahlo benannt.« Als Merle ihn fragend anblickte, fuhr er fort: »Hast du die vielen großen Fotos von ihr im Eissalon nicht gesehen?«

Merle schüttelte den Kopf und meinte: »Nö, ich war mehr mit der Auswahl meiner Eissorten beschäftigt. Ist es nicht unfassbar, welche ausgefallenen Sachen die hatten?« Merle schleckte an ihrem Blaubeereis und war sich sicher, so ein leckeres Eis noch nie in ihrem Leben gegessen zu haben. Beim nächsten Mal würde sie Himbeer-Cheese probieren.

Ricardo konnte das nicht so stehenlassen und fing an zu erklären: »Frida Kahlo war eine bekannte mexikanische Malerin. Sie war mit Diego Riviera verheiratet, ist aber schon lange tot.«

»Aha«, kam es desinteressiert aus Merles Richtung.

Ricardo ereiferte sich: »Ein bisschen mehr Aufmerksamkeit könnte dir echt nicht schaden.«

Merle blickte träge von ihrem Eis auf und meinte: »Wieso, es reicht, wenn du das machst. Ich kann doch jederzeit auf deine interne Festplatte zugreifen. Da muss ich mich doch nicht auch noch mit all den Fakten vollstopfen.«

Zoe fiel vor Lachen fast von der Kaimauer, und auch Ricardo musste grinsen. Bevor er aber einen passenden Kommentar abgeben konnte, tauchte ein blondes Mädchen vor ihnen auf. »Paola«, kam es gleichzeitig aus Ricardos und Zoes Mund. Merle knabberte gerade an der Eiswaffel und blickte nur sehr erstaunt.

»Was machst du denn hier?«, fragte Ricardo zuerst auf Deutsch und dann auf Spanisch.

Paola aber antwortete nicht, sondern kletterte zu ihnen auf die Kaimauer. Ächzend ließ sie sich neben Zoe nieder und blickte wortlos aufs Meer hinaus.

»Frag sie nochmal, was sie hier macht.« Zoes Ohrringe klingelten leise, als sie ihre Worte mit einem auffordernden Nicken bekräftigte.

Langsam gefiel Ricardo sich richtig in der Rolle des Dolmetschers. Also wiederholte er seine Frage. Für die Übertragung der Antwort ins Deutsche brauchte er dann allerdings eine Weile. Paola sprach so schnell, dass er ihr kaum folgen konnte. Deshalb musste er auch einige Male nachhaken. »Sie sagt, dass ihr Bruder hier etwas zu erledigen hat, und außerdem wohnen ihre Großeltern wohl auch hier in dem Dorf. Und sie scheint erfreut zu sein, uns zu sehen. Also, wenn ich das richtig verstanden habe.«

Zoe und Merle lächelten Paola an und das Mädchen lächelte zurück. Eine Sprache, die auf der ganzen Welt verstanden wird.

Ricardo allerdings blickte Paola wie gebannt an. Ihre langen blonden Haare glänzten wieder wie Gold in der Sonne. So etwas hatte er noch nie gesehen. Aber vielleicht hatte er auch nie darauf geachtet.

Dann ließ Paola wieder einige Sätze auf Ricardo niederprasseln, aber diesmal zögerte er etwas mit der Übersetzung. Zoe blickte ihn fragend an.

»Sie sagt, dass du immer gut auf Blue aufpassen sollst. Es gäbe böse Menschen.«

Zoe riss die Augen auf. »Wie meint sie das?«

Aber bevor Ricardo fragen konnte, erscholl ein bekannter Pfiff. Behände sprang Paola von der Kaimauer und hastete über die Promenade zu ihrem Bruder. Die Freunde blickten ihr etwas ratlos hinterher.

Auch aus der Entfernung war deutlich zu sehen, dass ihr Bruder heftig auf sie einsprach und dabei immer wieder zurück zur Kaimauer zeigte.

»Er schimpft mit ihr«, stellte Zoe fest. »Er möchte wohl nicht, dass sie bei uns ist.«

Ricardo nickte: »Ich hab echt keinen Plan, was das zu bedeuten hat.«

Die drei sprachen noch eine Weile darüber. Hatte das Mädchen bei dem Besuch im Dorf nicht angedeutet, dass sie Fragen hatte? Irgendwie kam es aber nie dazu, dass sie diese auch stellen konnte. Verrückt.

Als Paola und ihr Bruder nicht mehr zu sehen waren, standen auch die Freunde auf und machten sich auf den Weg zum Auto. Dort wartete schon Dr. Balter auf sie. Weil er eine ganze Menge eingekauft hatte, mussten sie sich auf der Rückfahrt den Platz im Wagen mit Eimern, Holzlatten und vielen anderen Dingen teilen.

»Wozu ist das ganze Holz gedacht?«, fragte Zoe neugierig.

»Nun«, antwortete Dr. Balter mit grimmigem Gesichtsausdruck, »wir werden das neue Werkzeug verstecken. Ich habe mir gestern schon eine dafür passende Höhle ausgesucht. Sie hat gerade die richtige Größe und liegt etwas versteckt hinter großen Büschen. Den schmalen Eingang wird Tom mit dem Holz verriegeln, und einen Schlüssel für das Sicherheitsschloss werden nur Tom, Mieke und ich haben.« Er startete den Wagen und fuhr mit dröhnendem Motor auf die Straße, die sich den Berg hinauf schlängelte. »Es wäre doch gelacht, wenn wir den dreisten Dieben nicht ein Schnippchen schlagen könnten.«

Die Rückfahrt verlief in guter Laune, und als Dr. Balter das Radio aufdrehte und alle mitsangen, war die Stimmung perfekt. Dass Dr. Balter dabei fast keinen Ton traf, störte die Freunde nicht im Geringsten. Allein der Spaß und die Freude zählten. Gut gelaunt kamen sie im Camp an. Tom half ihnen beim Ausladen und gemeinsam schleppten sie das Holz zu der Höhle. Schneller als gedacht war diese mit dem Holz gut abgedichtet, und die Tür, die Tom eingebaut hatte, mit dem Schloss verriegelt. Zoe, die zwischendurch nach Blue gesehen hatte, staunte, mit welcher Geschwindigkeit Tom das alles erledigt hatte. Er war nicht nur Archäologe, sondern anscheinend auch Schreiner und Schlosser. Jedenfalls war er ganz offensichtlich vielseitig interessiert. Mieke hatte sich den Motor eines anderen Wagens vorgenommen, der nicht mehr angesprungen war. Auch sie war erfolgreich und hatte den Wagen wieder zum Laufen gebracht. Mit Schmieröl im Gesicht und dreckigen Händen verschwand sie in ihre Unterkunft, um sich für das Abendessen frisch zu machen. Tom und Dr. Balter verabschiedeten sich aus demselben Grund.

Ricardo blickte zu Zoe und Merle und schlug vor: »Kommt, wenn hier der Säuberungswahn ausbricht, schließen wir uns dem an und gehen vor dem Essen duschen. So werden wir das Salz auf der Haut jedenfalls wieder los.«

»Gute Idee«, stimmte Zoe zu. Als alle fertig mit Duschen und Umziehen waren und sie die nassen Sachen hinter dem Haus aufgehängt hatten, blieb Blue eingerollt auf Zoes Bett liegen. Sie hatte eine Unmenge an Futter verdrückt und sich ausgiebig geputzt. Dann war sie schnurrend zu Zoe aufs Bett gesprungen und augenblicklich eingeschlafen. Sie hatte anscheinend nicht vor, die Freunde zu begleiten. Zoe streichelte sie und flüsterte leise: »Dankeschön.«

Ricardo blickte Zoe skeptisch an. »Wieso bedankst du dich denn diesmal bei deiner Katze?«

»Weil sie mir mit ihrem Schnurren so guttut.«

Insgeheim musste Ricardo ihr Recht geben. Auch auf ihn hatte das Schnurren eine beruhigende Wirkung. »Sie hat doch sicher den ganzen Tag geschlafen. Müsste sie jetzt nicht vor Energie sprudeln?«

Aber Zoe wusste, warum ihre Katze müde war. »Mieke hat nach ihr gesehen und sie auch mit rausgenommen. Total praktisch, dass sie für alle Türen hier einen Ersatzschlüssel hat.«

»Hört, hört«, meinte Ricardo. »Da hat wohl jemand deine Katze ins Herz geschlossen. Verstehe ich *überhaupt* nicht.«

Zoe warf ein Kissen nach Ricardo, das dieser grinsend elegant in der Luft abfing.

Kurz darauf standen Zoe und Ricardo vor der Tür in der Abendsonne und warteten auf Merle. »Dass sie auch immer etwas vergessen muss, das gibt es doch nicht. Was hat sie gesagt, holt sie noch mal?«, fragte Ricardo.

»Ihr Handy. Das kann ja nicht lange dauern.«

Tatsächlich steckte Merle in diesem Augenblick ihren Kopf durch die Tür. Ihr Handy hatte sie zwar in der Hand, aber zufrieden sah sie trotzdem nicht gerade aus.

»Ist was?«, fragte Zoe.

»Ja, in der Tat. Wer von euch Witzbolden hat denn den Haustürschlüssel vom Haken genommen und nicht wieder dort hingehängt?«

Zoe zog die Achseln hoch. »Keine Ahnung was du meinst.«

Auch Ricardo blickte fragend zu Merle.

»Ach, kommt schon, ich habe Hunger und möchte los. Sagt mir bitte, wo der Schlüssel ist.«

Nun wurde Ricardo unruhig und trat zu Merle ins Haus. »Der Schlüssel hängt immer genau hier …«

»Ja«, bestätigte Merle. »Genau da hing er auch immer. Betonung auf *hing*. *Jetzt* hängt er da nämlich nicht mehr, oder siehst du etwas, was ich nicht sehe?«

»Sehr komisch«, meinte Zoe, die lautlos hinzugekommen war. Eine bessere Frage wäre, ob wir die Tür heute Morgen überhaupt abgeschlossen haben, oder ob wir das vergessen haben.«

»Wer ist denn zuletzt heute Morgen raus?«, fragte Ricardo.

Merle hob kläglich die Hand: »Ich«, murmelte sie leise.

»Na, dann musst du doch selber wissen, wo der Schlüssel ist.« Ricardo lachte. »Sicher hast du ihn in den Rucksack gepackt und einfach noch nicht wieder rausgeholt.«

Aber Merle schüttelte langsam den Kopf. Mit hängenden Schultern sagte sie: »Ich habe die Tür überhaupt nicht abgeschlossen, das habe ich nämlich total vergessen.«

»Na ja, so schlimm ist das ja auch wieder nicht«, tröstete Ricardo sie. »Wir haben ja keine Wertsachen hier drin, und Blue hätte schon keiner mitgenommen.«

Zoe räusperte sich und meinte: »Meine Sonnenbrille ist aber bereits verschwunden. Genau deshalb wollten wir doch immer abschließen, oder? Und vergiss nicht, was Paola wegen Blue gesagt hat.«

Merle sackte in sich zusammen. »Und nun?«

Ricardo ging zurück ins Haus. »Wir suchen alles ab und schauen nach, ob etwas fehlt oder ob irgendetwas darauf hindeutet, dass jemand Fremdes hier drin war. Jemand, der hier nichts zu suchen hat.« Das war eine gute Idee, und zu dritt gingen sie alle Räume nacheinander durch, aber sie konnten keine Auffälligkeiten feststellen. Es fehlte nichts, alles war wie immer. Aber warum fehlte der Schlüssel? Etwas stimmte hier doch nicht.

»Es hat keinen Zweck«, sagte Zoe. »Wir fragen Mieke nach dem Ersatzschlüssel. Dann können wir auch wieder abschließen, wenn wir unterwegs sind.«

Merle kam aber noch ein anderer Gedanke. »Aber irgendjemand hat den Schlüssel! Wenn wir nachts abschließen, kann die Tür also trotzdem geöffnet werden.« Obwohl sie sich im Camp trotz der ganzen Vorfälle bisher sicher gefühlt hatten, war das keine so tolle Aussicht.

Aber Ricardo beruhigte sie sehr schnell: »Keine Panik, wenn wir den Schlüssel im Schloss stecken lassen, kann keiner von außen aufschließen. Und wenn wir tagsüber unterwegs sind, nehmen wir alles mit, was wertvoll ist.«

Zoe fügte hinzu: »Und Blue kommt jetzt eben immer mit.« Merle stieß einen Seufzer der Erleichterung aus. Etwas irritiert machten sie sich auf den Weg in die Gemeinschaftsküche. Dort herrschte schon großer Andrang. Gloria und Francesca hatten gut zu tun und wuselten mit vollen Platten und leeren Tellern hin und her. Die Freunde fragten Mieke nach dem Ersatzschlüssel.

»Klar könnt ihr den haben. Der andere taucht schon wieder auf, da bin ich zuversichtlich.« Ein verlorener Schlüssel schien sie nicht aus der Fassung zu bringen. Die Stimmung beim Essen war gut. Der einzige Misston kam mal wieder von Francesca, die Gruselgeschichten über die Benahoaritas und ihre Opferrituale erzählte. Merle war fast ausschließlich mit ihrem Essen beschäftigt, schaffte es aber immerhin nach jedem dritten Bissen, ein paar Worte mit Tom zu wechseln. Sie unterhielt sich mit ihm immer gerne über die aktuelle Tageslosung und fragte ihn auch nach den Gottesdiensten in Garafia. Dr. Balter nahm sich, wie so oft, nicht viel Zeit beim Essen und verschwand relativ schnell wieder. Er hatte ständig irgendwelche Termine und Online-Meetings mit seinen Vorgesetzten. Außerdem stand er mit Rat und Tat den Mitarbeitern anderer Ausgrabungen zur Seite. Er war eine Koryphäe auf seinem Gebiet, und Zoe war sehr stolz auf ihren Vater. Auch Mieke und Tom waren schon verschwunden, als Francesca sich noch einmal zu ihnen an den Tisch setzte und mit bedeutungsschwerer Miene meinte: »Ihr glaubt mir nicht, wenn ich euch die Geschichten über die Ureinwohner erzähle, oder?«

Die Freunde wussten nicht, was sie darauf sagen sollten, aber die alte Frau erwartete sowieso keine Antwort von ihnen und fuhr fort:

»Also, an eurer Stelle würde ich auf die Katze sehr gut aufpassen, denn die haben damals nicht nur Ziegen oder so geopfert, sondern auch kleinere Tiere. Ich bin sicher, dass sie auch bei Katzen nicht nein sagen würden.« Sie nickte Zoe zu und stand mit einem Ächzen zwischen den Lippen auf. »Meine Knie sind auch nicht mehr das, was sie einmal waren.«

Zoe war bei ihren Worten blass um die Nase geworden, dachte einen Moment nach und sprang dann von ihrem Stuhl auf. So schnell sie konnte, rannte sie zu der Hütte zurück. Immerhin war die ja momentan nicht abgeschlossen. Sie hatte vorgehabt, Blue nur mitzunehmen, wenn sie das Camp längerfristig verließen. Für die Mahlzeiten hatte sie das nicht für so wichtig gefunden. Das sah sie nun ganz anders. Ricardo folgte ihr auf dem Fuß. Merle brauchte etwas länger, bis sie hochrot im Gesicht und schnaufend wie eine Dampflok an der Hütte ankam. Von innen waren schon zärtliche Koseworte zu hören.

Merle ließ sich, immer noch schnaufend, neben der Katze aufs Bett fallen. »Hör mal, Francesca hat nur erzählt, dass diese Altkanarier heutzutage *vielleicht* auch Katzen für ein Opfer nehmen würden. Aber diese Urbevölkerung gibt es doch überhaupt nicht mehr.«

»Ja, das weiß ich auch«, meinte Zoe. »Aber heute hat nun schon zum zweiten Mal jemand zu mir gesagt, dass ich gut auf Blue aufpassen soll. Das kann doch kein Zufall sein.« Zoe hob ihre Katze hoch und presste sie so heftig an sich, dass Blue empört quiekte. Wild mit den Pfoten strampelnd befreite sie sich aus Zoes Umklammerung und kletterte demonstrativ zu Merle auf den Schoß.

Ricardo verschwand mit den Worten: »Ich hole den anderen Schlüssel von Mieke.«

Kurze Zeit später kam er, den Schlüssel triumphierend in den Händen haltend, wieder zurück. »Wir nehmen Blue immer mit und falls es doch mal nicht anders geht, lassen wir sie bei deinem Vater in der Hütte«, schlug er vor.

Das fanden alle eine gute Idee. Kurz darauf gingen sie schlafen. Es war ein langer und ereignisreicher Tag gewesen. Schon bald war von drei Seiten kollektives tiefes Atmen zu hören und von einer Seite leises, fast nicht hörbares Schnarchen.

Mitten in der Nacht hob Blue ihren Kopf und lauschte mit gespitzten Ohren. Dann sprang sie geschmeidig vom Bett und tappte auf leisen Sohlen aus dem Zimmer. Vor der Haustür blieb sie stehen und legte ihren Kopf schief. Aus der Höhe des Türschlosses kamen schabende Geräusche. Blue setzte sich hin und wartete gebannt ab. Ihre Augen waren fest auf die Tür geheftet. Nur ihr hin und her peitschender Schwanz verriet ihre Anspannung. Der Schlüssel, der von innen steckte, vibrierte leicht. Dann verstummte das Geräusch. Als nichts weiter passierte, machte Blue einen Schlenker zum Futternapf und sprang danach zu Merle ins Bett. Vorsichtig ließ sie sich auf ihrem schönen warmen Bauch nieder und rollte sich zufrieden seufzend ein. Im Nebenbett drehte sich Zoe auf die Seite, und aus Ricardos Zimmer schallten mittlerweile laute Schnarchgeräusche.

KAPITEL 5

DIE HÖHLE

Der nächste Vormittag verlief ereignislos. Mieke holte sie nach dem Frühstück zu ihrem ersten offiziellen Arbeitstag an ihrer Hütte ab und nahm sie mit zu dem großen Felsen.

»Hier konzentriert sich zurzeit die ganze Arbeit, hier sind wir ganz dicht an neuen Entdeckungen dran«, erklärte sie den Freunden. Natürlich war Blue jetzt mit von der Partie und schaute neugierig aus dem Rucksack. Ricardo besah sich die ganze Szenerie und wusste nicht so recht, was nun ihre Aufgabe sein sollte. Überall liefen Leute umher, kraxelten auf Gerüsten herum oder hielten kleinere Gerätschaften in den Händen, mit denen sie über die Felsen fuhren.

»Und was ist unsere Aufgabe hier?«, fragte Zoe. Ricardo blickte zu ihr hinüber. Es war schon immer wieder witzig, wie eng sie alle miteinander verbunden waren. Es war, als hätte Zoe seine Frage aufgeschnappt. Allerdings war diese ja auch ziemlich offensichtlich. »Erde schaufeln ganz sicher nicht, oder?«

Mieke sah etwas belustigt aus und meinte: »Also, es ist ganz anders hier als in Japan.« Sie drückte den Freunden jeweils eine Digitalkamera in die Hand. »Passt gut darauf auf und hängt euch die Riemen über die Schultern, damit sie euch nicht im Falle des Falles hinunterfallen. Sie waren sehr teuer und sind sehr empfindlich.« Die Freunde nickten. »Also, eure Aufgabe ist die Dokumentation der Fundstellen. Das heißt, ihr macht von jedem Felsenbild viele Fotos, aus allen erdenklichen Winkeln. Anschließend übertragt ihr die Fotos auf diesen Rechner hier.« Mieke zeigte auf einen kleinen Unterstand, in dem drei Stühle und ein kleiner Tisch mit einem

Laptop standen. »Danach bezeichnet ihr die Fotos und tragt sie in die jeweiligen Kategorien in die Liste ein, die ich euch gleich zeige.«

Ricardo blickte sich aufmerksam um. »Und was ist mit den anderen Fundstellen, also den an den anderen Felsen?«

Mieke nickte anerkennend. »Immer auf Zack der Junge, was?«

Merle und Zoe nickten unbestimmt und Ricardo grinste breit. »Endlich erkennt das mal jemand.«

Nun blickten die Mädchen demonstrativ in die andere Richtung. Mieke lachte schallend. Dann sagte sie: »Ich möchte, dass ihr beieinanderbleibt. Außerdem sind die anderen Felsen schon gut dokumentiert worden. Aber auch diese hier werden später noch von einem Profi fotografiert, also mit richtig gutem Equipment. Eure Arbeit ist zwar wichtig, aber eine reine Vorarbeit.«

Die Freunde nickten etwas enttäuscht. Aber eigentlich war ja klar, dass bei so einer wichtigen Sache auch richtige Profis ranmussten. Anschließend zeigte Mieke den drei Freunden den Computer und die Listen für die Fotos. Es war nicht sonderlich kompliziert und sah wirklich nicht nach viel Arbeit aus. Eigentlich hätte das auch einer von ihnen alleine erledigen können. Kein Vergleich zu ihrer Arbeit im Camp in Japan. Mieke schien ihre Gedanken erraten zu haben. Sie strich sich die obligatorische Haarsträhne aus dem Gesicht und meinte: »Ihr könnt euch auch gerne abwechseln mit der Arbeit. Dann kommt ihr euch nicht ins Gehege.«

Nach einigen Stunden, die sie abwechselnd fotografiert und dokumentiert hatten, stellte Ricardo fest: »Also ehrlich gesagt kommt es mir so vor, als wäre diese Arbeit nur pro forma für uns. Das hätte doch auch jeder andere hier im Camp machen können. Es gibt ja genug Leute.«

Zoe hatte sich das auch schon überlegt und meinte: »Ich glaube, mein Vater möchte einfach nicht, dass wir uns überflüssig fühlen.

Und ganz ehrlich? Ich bin irgendwie froh, denn ich bin nicht sonderlich wild auf viel Arbeit.«

In diesem Moment stieß Tom, der ganz oben auf dem Gerüst saß und den Felsen untersuchte, einen lauten Pfiff aus. Merle zuckte vor Schreck zusammen und Blue, die gerade auf Eidechsenjagd war, erstarrte zu einer Salzsäule.

»Crazy«, rief Tom und schwenkte seine Arme hin und her. »Kommt mal hoch und schaut euch das hier an. Und bringt eine Kamera mit.«

Der Pfiff hatte auch noch andere vom Team angelockt. Es war immer eine kleine Sensation, wenn neue Felsenbilder unter dem Moos oder auch in kleinen Felsnischen entdeckt wurden. Es konnte ja etwas ganz Neues gefunden worden sein, etwas, das neue Erkenntnisse geben würde. Vielleicht fand sich doch noch ein Hinweis auf eine mögliche Schrift der Altkanarier. Alle im Team glaubten an diese Sache und sie setzten sich dafür ein, Geheimnisse zu entschlüsseln. Die Benahoaritas waren ganz sicher nicht die Inkas, Mayas oder Azteken, aber trotzdem sehr interessant für die Wissenschaft. Ricardo war als Erster oben bei Tom angelangt und ließ sich die neue Felsritzzeichnung zeigen.

»Wow«, rief Ricardo. »Man kann es nur ganz schwach sehen, aber es scheint riesig zu sein.«

»Yes! Und es wird fantastisch anzuschauen sein, wenn es gereinigt und komplett freigelegt wurde.« Tom war völlig euphorisch und zappelte auf dem engen Gerüst herum, dass die Bretter unter Ricardo zu wackeln begannen. Gut, dass es ein Geländer zum Festhalten hatte und insgesamt sehr gut abgesichert war. Zoe folgte mit Merle im Schlepptau. Während Zoe sich sofort hinkniete und ihre Hände über die Tiefen des Felsenbildes gleiten ließ, ließ Merle erstmal ihre Blicke nach unten wandern.

»Ist ja schon ziemlich hoch hier oben.«

»Stimmt«, bestätigte Ricardo.

Da kam Merle aber noch ein ganz anderer Gedanke. Sie blickte Tom über die Schulter und fragte: »Wie bitte schön, haben die damals denn diese Zeichnungen so weit oben anbringen können? Die hatten doch sicher kein Gerüst, oder doch?«

Tom lächelte. »Good question, Merle. Soweit wir das wissen, hatten sie keine Hilfsmittel, von Gerüsten ganz zu schweigen. Aber sie waren allem Anschein nach fantastische Kletterer.«

Merle blickte noch mal nach unten. Blue lag neben einem kleinen Busch in der Sonne und blickte träge zu ihnen hoch. Sie sah von hier oben total winzig aus.

»Klettern? So weit oben. Ohne Netz und doppelten Boden?« Sie war fassungslos.

Tom gab zu Bedenken, dass das Klettern für die Altkanarier zum Alltag gehört hatte. »Denk an die vielen Höhlen, in denen sie lebten. Manche von ihnen lagen hoch über dem Meer, und oft waren sie nur über ein schmales Felsband erreichbar.«

»Auch das noch«, murmelte Merle. »Gut klettern können und schwindelfrei sein.«

Ricardo stupste sie an und grinste. »Das wäre wohl nichts für dich gewesen, oder?«

»Ganz sicher nicht.«

Aber Zoe war da anderer Auffassung. »Man wächst mit seinen Aufgaben.«

Tom hatte sich schon wieder den Felsenbildern zugewandt und erklärte gerade jemandem vom Team etwas. Ricardo machte einige Fotos, als er freie Sicht auf die Zeichnung hatte. Dann stiegen sie wieder herunter.

»Wie schwerelos Tom dort oben zu schweben scheint, unfassbar.« Merle hatte sich neben Blue gekniet und blickte mit einer Hand vor den Augen nach oben. Sie ließ ihren Blick über den dunklen Felsen wandern und staunte wieder, wie hoch oben manche der Zeichnungen waren. »Also ich hätte das definitiv nicht gekonnt.«

Nach einem sehr leckeren Mittagessen, bei dem Francesca wieder von dem Fluch mit den Federn anfing, was aber von niemandem weiter beachtet wurde, beschlossen die Freunde, eine kleine Wanderung zu machen.

»Wollen wir Blue mitnehmen, oder möchtest du sie bei Mieke oder deinem Vater lassen?«, fragte Ricardo.

»Ich habe vorhin schon mit Papa gesprochen, er hat heute Nachmittag einige Telefonkonferenzen und bleibt zu Hause. Blue wird mir zwar fehlen, aber sie ist bei meinem Vater ja gut aufgehoben.« Mit diesen Worten steckte Zoe ihre Katze in den Rucksack und brachte sie gemeinsam mit ihren Freunden zu ihrem Vater in die Hütte. Er war schon mitten in einem Telefongespräch und nickte ihnen kurz zu. Zoe ließ ihre Katze aus dem Rucksack, stellte Futter- und Wassernäpfe und die kleine, bereits mit Streu gefüllte Katzentoilette auf den Boden.

»Sicher ist sicher«, sagte sie. »Wir wissen ja nicht, wie lange wir unterwegs sind, und so hat Blue hier alles, was sie braucht.« Rasch füllte sie Wasser und etwas Trockenfutter in die Näpfe. Blue strich Dr. Balter schnurrend um die Beine, aber dieser war zu abgelenkt, um sie zu streicheln. Deshalb sprang Blue auf einen Küchenstuhl und fing an, sich zu putzen.

»Ach das ist gut«, stellte Zoe mit einem breiten Lächeln fest. »Ihr geht es gut hier, lasst uns losgehen.«

Der Weg durchs Camp war ihnen schon viel vertrauter geworden und mittlerweile sah für sie nicht mehr jede Ecke und jede Weggabelung gleich aus. Da Ricardo immer lautstark sein Wissen über

Tiere und Pflanzen mitteilte, bekamen Merle und Zoe einiges über die heimische Flora und Fauna von La Palma mit. Nicht, dass sie das sonderlich interessiert hätte, aber Ricardos Redeschwall konnte man schlecht entkommen. Bei jedem Schritt raschelte es leise im Gebüsch. Eidechsen brachten sich unter einer dichten Laubschicht in Sicherheit. Manche von ihnen waren richtige Kletterkünstler.

»Seht mal«, rief Merle und blieb stehen. Zoe und Ricardo folgten mit den Blicken ihrem ausgestreckten Zeigefinger und staunten nicht schlecht. Hoch oben in einem Hibiskusstrauch saß eine Eidechse und knabberte an einem roten Blütenrand. »Na, steht das auch in deinem Reiseführer?«

»Was? Dass Eidechsen klettern können?«

Merle nickte. Ricardo überlegte einen Moment. »Von Kletterkünsten der Eidechsen steht da überhaupt nichts drin.« Seine Stimme klang enttäuscht.

Zoe musste grinsen, und Merle sagte: »Ist doch cool, dass Gottes Schöpfung uns immer wieder aufs Neue überrascht.« Nach kurzer Zeit kamen sie an einer kleinen Weggabelung an.

»Dort geht es nach oben, Richtung Tunnel und dann weiter zum Dorf«, sagte Zoe.

Ricardo hatte aber andere Pläne. »Lasst uns doch mal in die andere Richtung gehen. Dort waren wir noch gar nicht.«

»Also gut«, stimmte Zoe zu. Der Pfad war anders als die anderen, er führte eine ganze Weile zwischen engen Felswänden hindurch, und manches Mal mussten sich die Freunde hindurchzwängen.

An einer Stelle wurde es besonders eng. Merle hatte Mühe durchzukommen. Sie ächzte und versuchte es, kam aber nicht weiter. »Ich stecke fest, das gibt es doch nicht.« Es war ihr ganz schön unangenehm, aber sie kam weder vorwärts noch rückwärts. »Mist«, murmelte sie leise vor sich hin.

Sie hoffte immer noch, es von alleine zu schaffen, aber Zoe hatte sich schon zu ihr umgedreht und sie in ihrer misslichen Lage entdeckt. »Warte, ich helfe dir«, rief sie und sprintete zu ihrer Freundin zurück. Sie packte Merle an der Hand und zog mit aller Kraft. Mit einem leichten Plopp, fiel Merle mit Schwung in Zoes Arme.

»Also diese Altkanarier müssen alle sehr schlank gewesen sein«, wunderte sich Merle. »Sonst hätten die doch nie und nimmer hier durch gepasst.«

Ricardo war schon ein gutes Stück weitergegangen und rief: »Naja, sie konnten ja gut klettern, so haben sie sicher auch manche Engstelle einfach überklettert.«

Merle blickte sich um. Tatsächlich, diese Stelle hätte man auch gut kletternd überwinden können. »Gut, dass du mir das auch mal sagst«, rief sie Ricardo zu.

Aber der winkte bloß ab und meinte: »Dich interessiert doch sonst auch nicht alles, was ich so von mir gebe.«

Zoe zog Merle hinter sich her und meinte: »Da hat er wohl ausnahmsweise mal recht.«

»Ausnahmsweise? Irgendwie hat er doch immer Recht. Das ist ja das Schlimme«, beschwerte sich Merle.

»Ich kann dich hören, weißt du das?«

Leise grummelnd stapfte Merle hinter Ricardo und Zoe her. Der Pfad wand sich mittlerweile steil den Hügel hoch.

»Kommt, der Weg ist total spannend. Es fühlt sich wie eine kleine Urwaldsafari an.«

Merle wusste genau, was Ricardo meinte, denn der Weg war teilweise komplett mit riesigen Farnen überwuchert. Die fedrigen Blätter versperrten ihnen ein ums andere Mal den Weg und sie mussten die widerspenstigen Stengel öfter mal mit der Hand aus dem Weg halten, damit sie durch die Lücke schlüpfen konnten.

Unglaublich, aber der Pfad wurde noch enger und steiler und bald schon schnaufte Merle unüberhörbar. »Ich glaub, ich werde dich mal auf deinen Joggingrunden begleiten.«

Zoe blickte ihre Freundin überrascht an. »Meinst du das ernst?«

»Klar!«

»Super Idee, das wird toll.«

Merle war sich da allerdings gar nicht so sicher. Aber ein bisschen mehr Kondition konnte ja nicht schaden. Oder?

Ricardo hatte den Wortwechsel mitbekommen und meinte: »Dann kommt Blue morgens sicher immer zu mir ins Bett. Das wird ja lustig.«

»Es gibt Schlimmeres«, versicherte Merle ihm todernst.

Ricardo grinste. Dann folgte er dem Pfad durch eine enge Kurve und verschwand plötzlich hinter einem großen Felsen. »Kommt mal her.« Seine Stimme klang aufgeregt und hörte sich seltsamerweise sehr dumpf an.

Zoe blickte Merle fragend an und wie auf Kommando beschleunigten sie ihr Tempo. Aber von Ricardo war keine Spur zu sehen. »Wo ist der denn abgeblieben?«, wunderte sich Zoe gerade, als plötzlich eine Stimme über ihnen ertönte.

»Hey, kommt mal hier hoch!«

Die Mädchen blickten nach oben. Tatsächlich, dort saß ihr Freund auf einem kleinen Felsvorsprung und steckte gerade seinen Kopf in ein Loch. Aber es war gar kein Loch.

»Seht mal, was ich gefunden habe.« Die Mädchen kletterten ebenfalls hoch und knieten sich neben Ricardo.

»Das gibt es ja nicht«, flüsterte Zoe erstaunt. »Eine Höhle.« Tatsächlich, Ricardo hatte den Eingang zu einer Höhle gefunden.

»Kommt, wir schauen uns das mal an.« Ohne auf eine Antwort zu warten, krabbelte Ricardo auf allen Vieren in den dunklen Eingang hinein. »Wahnsinn«, tönte es aus der Dunkelheit.

»So der Wahnsinn, dass wir es uns auch anschauen sollten?«, fragte Zoe gespannt.

»Klar!«

»Also, nichts wie hinterher.«

»Und was ist mit Fledermäusen und Mumien?«, krächzte Merle. Ihr war nämlich wieder eingefallen, was Zoes Vater über Mumien und Höhlen gesagt hatte.

»Keine zu sehen«, tönte es dumpf aus der Öffnung.

Merle gab sich einen Ruck und quetschte sich ebenfalls durch den schmalen Zugang der Höhle. »Warum muss denn alles hier immer so eng sein?«

Aber zu ihrer Überraschung weitete sich die Höhle direkt nach dem Durchlass. Ricardo hielt sein Handy in der Hand und hatte die Taschenlampenfunktion eingeschaltet. Viel war zwar nicht zu sehen, aber dass der Raum groß war, konnten sie trotzdem erkennen. Das künstliche Licht des Handys warf tanzende Schatten an die Felswand, als Ricardo winkte.

»Voll krass«, staunte Zoe. Ihre Stimme hallte, und ein leises Echo ihrer Worte war zu hören. Ricardo ging langsam tiefer in die Höhle. Der Boden war eben. Selten fand sich ein größerer Stein. Es wirkte wie frisch gefegt oder gesaugt. An den Wänden waren kleine Nischen zu sehen.

»Was ist das?«, fragte Merle mit flatternder Stimme. »Da könnten doch gut einige Mumien liegen.« Sie schüttelte sich bei diesem Gedanken. »Das ist doch genauso eine Höhle, von der dein Vater erzählt hat. Einsam und unentdeckt. Perfekt für Mumien!«

»Du brauchst keine Angst zu haben. Selbst wenn sich hier eine einsame Mumie rumtreiben sollte, würde sie dir ganz sicher nicht in die Quere kommen.«

Merle verzog das Gesicht. Ricardo verstand sie nicht. *Natürlich* waren Mumien ja schon lange tot und *natürlich* würden sie ihr nichts tun können, aber allein die Vorstellung, dass Menschen hier bestattet worden sein könnten, trieb ihr eine Gänsehaut über die Arme. Von der Möglichkeit, über einen mumifizierten Toten zu stolpern, ganz zu Schweigen.

»Habt ihre eure Handys auch dabei?«, fragte Ricardo.

Merle wurde rot und war froh, dass das im schwachen Licht nicht zu sehen war. »Ähm, nein«, stammelte sie.

»Aber warum denn nicht?« Zoe blickte sie fragend an.

»Heute habe ich es einfach nur vergessen.« Merle wollte noch mehr sagen, da fiel ihr plötzlich ein, dass sie ja die kurze Hose mit den vielen Taschen trug. Vielleicht steckte in der Seitentasche noch ihre kleine Taschenlampe. Sie tastete und sagte dann triumphierend: »Dafür habe ich aber etwas viel Besseres. Ta, ta ...« Mit diesen Worten zog sie die Taschenlampe aus der Hosentasche und knipste sie an. Das helle Licht der LED reichte viel weiter als das der Handys.

Zoe musste schmunzeln, ihre Freundin war zwar sehr vergesslich, aber auch immer für eine Überraschung gut. »Super, Merle! Das ist klasse. Die hat ja richtig Power.«

Ricardo nickte zu ihren Worten. »Also dann, alle dir nach, Merle.«

»Ach, nee«, sagte sie und drückte Ricardo die Lampe in die Hand. »Geh du mal vor, du hast schließlich auch den Eingang entdeckt.«

Ricardo schmunzelte. »Na gut, dann eben alle mir nach.«

Zoe war erstaunt, wie weiträumig die Höhle war. Aber irgendwann verengte sich der große Raum wieder und sie standen in einem Gang, der weiter in den Berg hineinführte.

»Hm«, murmelte Ricardo, »ich weiß ja auch nicht, aber was ist mit Sauerstoff?« Er leuchtete in den Gang hinein, aber es war kein Ende zu sehen. »Nicht, dass wir hier drin ersticken, das kann nämlich fixer gehen, als man denkt«, murmelte er. Aber dann hatte er eine Idee.

»Habt ihr Streichhölzer dabei? Ihr wisst ja, eine Flamme brennt nur, wenn genügend Sauerstoff da ist.« Aber die Mädchen schüttelten den Kopf. »Dann lasst uns lieber umkehren, das Risiko ist zu groß.«

In diesem Moment spürten sie einen zarten Windhauch im Gesicht. Er schien sie aufzufordern, weiterzugehen. Ricardo blickte die Mädchen fragend an und diesmal nickten sie. Wo so viel Wind war, musste ja auch genügend Sauerstoff zum Atmen sein. Oder? Also gingen sie weiter. Erstaunlicherweise führte der Gang nach einer Weile bergab. Zuerst sanft, dann aber wurde er immer steiler. Gerade als Merle protestieren und ihre Freunde zum Umkehren bewegen wollte, blieb Ricardo so abrupt stehen, dass die Mädchen auf ihn aufliefen und ihn unsanft anrempelten.

Zoe rieb sich den Kopf und rief: »Aua, sag mal, kannst du uns nicht vorwarnen, wenn du so plötzlich stehenbleibst?«

Aber Ricardo antwortete nicht, sondern blickte wie gebannt geradeaus. Zoe und Merle folgten mit ihren Augen seinem Blick und erstarrten. Der Gang öffnete sich zu einer weiteren Höhle. Im Schein der Taschenlampe glitzerte und funkelte es.

»Wasser«, flüsterte Merle, »da vorne ist Wasser.«

Zoe stutzte und meinte: »Kann aber doch eigentlich gar nicht sein. Das hätte Ricardo doch sicher in seinem Reiseführer gelesen!«

Merle starrte wie gebannt auf die große, glitzernde Fläche und erwiderte: »Mag ja sein, dass es keine Unterwasserseen hier geben *soll.* Betonung auf soll. Aber ganz offensichtlich gibt es hier Wasser.«

Die Freunde gingen dem Glitzern entgegen. Vor lauter Staunen blieben sie stehen, so etwas hatten sie noch nie gesehen. Tatsächlich, vor ihnen breitete sich im Schein der Taschenlampe ein großer See aus. Das andere Ufer konnten sie gar nicht ausmachen. Das Wasser war sehr klar und leuchtete in türkisfarbenen Tönen.

»Wunderschön, er ist einfach wunderschön.« Merle faltete automatisch ihre Hände und ihre Stimme klang ganz weich, als sie sagte: »Das ist traumhaft. Ich danke dir von Herzen.«

Auch Zoe war von dem Anblick völlig ergriffen. Ricardo ging noch einen Schritt näher, und die Mädchen folgten automatisch dem Licht. Er ließ das Licht der Lampe über den See gleiten und staunte. »Also dafür, dass wir hier unter der Erde sind, ist der wirklich groß. Ich würde sogar sagen, er ist riesig. Das haut mich jetzt echt um. Ich meine, hättet ihr das hier unten erwartet?«

»Nie und nimmer«, war sich Zoe sicher.

»Ich hätte mit Vielem gerechnet, meinetwegen auch mit Fledermäusen oder der ein oder anderen Mumie«, meinte auch Merle. »Aber nicht mit so etwas unfassbar Schönem.«

Ricardo nickte lächelnd. »Passt auf, das Ufer fällt steil ab. Ich kann den Grund nicht sehen, dafür reicht die Lampe nicht aus.«

Als Zoe den Uferbereich genauer betrachtete, sah sie, dass Ricardo recht hatte. Das Wasser befand sich nämlich knapp unter ihren Füßen. Und da es so klar war, konnte man das Abfallen des Uferrandes gut verfolgen. Nur, wo es endete, sah man nicht. Bodenlose Tiefe.

»Kann man drumherum gehen?«, fragte Merle neugierig. Ricardo drehte sich um und blicke Merle erstaunt an.

Merle zuckte mit den Schultern. »Na, wenn wir schon mal hier sind, können wir uns den See doch auch genauer anschauen. Ist doch mega interessant.«

Auch Zoe blickte erstaunt zu ihrer Freundin, nickte aber zustimmend. »Das finde ich auch, lasst uns mal schauen, wie weit wir der Uferkante folgen können. Vielleicht ändert sich das ja, und irgendwo geht es ganz sanft hinein.«

»Du meinst so mit weißem Sand und einem breiten Strand? Einer kleinen Cocktailbar und so?«, spottete Ricardo.

Zoe stieß ihn unsanft in die Seite, und er hielt sich theatralisch die Rippen: »Au, Frauen, äh, Mädchen, sind ja so gemein.«

Merle und Zoe grinsten bloß. Ricardo und Merle folgten Zoe, die im Licht ihres Handys dem Ufer folgte. Bei aller Schönheit des Sees traute sich keiner so recht, die Hände ins Wasser zu halten und die Temperatur zu überprüfen. Merle war ein paarmal kurz davor. Aber irgendetwas war ihr hier nicht ganz geheuer. Vielleicht lag es auch an der tiefen Dunkelheit, die in den Ecken auf der Lauer zu liegen schien. Ohne Licht würde sie die Höhle und den See wieder ganz für sich haben. Keine schöne Vorstellung.

»Der See ist echt ganz schön groß«, rief Zoe nach hinten.

»Und fast kreisrund«, ergänzte Ricardo.

Nach einer Weile stoppte Zoe und sagte ganz aufgeregt. »Hier, hier fällt das Ufer langsam zur Mitte hin ab.« Merle trat näher heran und hockte sich hin. Vergessen war ihre Angst.

»Und es gibt kleine helle Kieselsteine statt Sand. Schaut doch mal, wie schön die glitzern.« Merle ließ ihre Hände fast andächtig über die kleinen runden Steine gleiten und seufzte leise. »Wenn der See nicht unter der Erde wäre, dann würde er sicher magisch aussehen.«

»Ich finde, gerade weil er unter der Erde liegt, sieht er magisch aus«, antwortete Zoe. Ricardo staunte noch immer über die vielen Lichtreflexe, die das Wasser im Licht der Taschenlampe an die Wände warf. Er hatte schon überprüft, wie hoch die Höhle war, konnte aber eine mögliche Höhlendecke oder Begrenzung nicht ausmachen. Der Luftzug war auch hier deutlich zu spüren. Er schien von sehr weit oben zu kommen.

Merle und Zoe ließen sich in die Hocke nieder und betrachteten die türkisfarbene Wassermasse. Der Strand breitete sich halbmondförmig vor ihnen aus und lud sie dazu ein, ins Wasser zu gehen und zu Schwimmen. Zuvor war das Ufer steil abgefallen, und wegen des klaren Wassers hatte man die Felsen unter Wasser gut sehen können, zumindest bis zu einer gewissen Tiefe. Das hatte ihnen Angst gemacht, da wären sie nie und nimmer schwimmen gegangen. Aber hier, an diesem schönen Strand, sah die Sache schon anders aus. Allerdings konnten sie im schwachen Licht noch immer nicht die gesamte Wasserfläche erfassen, und das schreckte sie etwas ab.

»Das ist echt eine tolle Süßwasserquelle«, stellte Zoe fest.

»Meinst du, die Altkanarier kannten den See?«, fragte Merle.

»Ich denk schon. Denk doch an die vielen Nischen, die wir vorhin gesehen haben. Ich könnte wetten, dass sie dort geschlafen oder meinetwegen auch irgendwas gelagert haben.«

In diesem Moment stieß Ricardo einen lauten Pfiff aus, und die Mädchen zuckten zusammen.

»Sag mal, gehts noch?«, rief Zoe aufgebracht. »Du hast mich fast zu Tode erschreckt.«

»Und mich erst«, fügte Merle vorwurfsvoll hinzu.

»Sorry, aber das müsst ihr euch mal anschauen.« Ricardo war einige Meter weiter um den See gegangen und stand jetzt am Ende des kleinen Strandes. Aufgeregt leuchtete er mit der Lampe auf eine Stelle im See.

»Was ist denn?«, fragte Merle, die aufgestanden und ihm gefolgt war. Auch Zoe kam dazu, konnte aber auch nichts Auffälliges im Wasser entdecken.

Ricardo ließ den Lichtstrahl hin und her wandern und murmelte: »Eben war es doch noch da, ich bin mir ganz sicher.«

»Was war da?«, fragte Zoe.

»Da war irgendwas im Wasser.«

»Vielleicht ein Unterwasserfelsen«, überlegte Zoe.

»Hm«, kam es zögerlich von Ricardo. »Ich glaube nicht, dass es ein Unterwasserfelsen war. Denn der kann ja nicht leuchten.«

»Leuchten?«, fragten Zoe und Merle wie aus einem Mund.

Alle drei blickten wie gebannt auf den See und folgten mit ihren Blicken dem Lichtstrahl, den Ricardo in großen Kreisen über die Wasseroberfläche gleiten ließ. »Da«, riefen alle drei gleichzeitig, als im Schein der Lampe etwas unter Wasser aufleuchtete.

»Was kann das sein?«, fragte Merle.

»Keine Ahnung«, antwortete Ricardo aufgeregt. »Kommt, wir gehen einmal um den See herum. Vielleicht kommen wir von der anderen Seite näher ran.«

Aber – Fehlanzeige. Sie umrundeten den ganzen See, doch an keiner Stelle konnten sie das merkwürdige Unterwasserleuchten noch einmal sehen. Die Höhle war nicht viel größer als der See, und nirgendwo zweigten weitere Gänge ab. Schneller als gedacht, kamen sie wieder an dem Gang an.

»Mist«, rief Ricardo enttäuscht. »Ich möchte echt mal gerne wissen, was das da im Wasser war. Aber das Licht ist nicht stark genug.«

»Mieke hat bestimmt super gute Taschenlampen. Damit kommen wir später nochmal zurück«, tröstete Zoe ihn.

»Gute Idee! Aber jetzt lasst uns wieder rausgehen.«

Als sie durch den Gang wieder in die erste Höhle und dann nach draußen in das Sonnenlicht traten, blieben sie erstmal stehen. Das helle Tageslicht war ein Schock. Sie setzten sich vorsichtig auf einige Steine und kniffen die Augen zusammen. Es dauerte eine ganze Weile, bis sie die Augen wieder richtig öffnen konnten.

Mit einem Blick auf das Handy stellte Ricardo fest, dass es später war, als er erwartet hätte. »Kommt, wir gehen lieber zurück, sonst macht sich dein Vater noch Sorgen.«

KAPITEL 6

PAOLAS GESCHICHTE

Sie kletterten vom Eingang der Höhle auf den Pfad hinunter und machten sich auf den Rückweg.

»Mann, das zieht sich ja ganz schön. Ist das überhaupt der richtige Weg?«, überlegte Merle nach einer Weile.

»Ja, das ist schon der richtige.« Ricardo war sich sicher.

Zoe folgte Ricardo und Merle. Als hinter ihr auf einmal kleine Steine den Abhang hinunter kullerten, drehte sie sich misstrauisch um. Da war doch was! Sie konnte aber nichts Verdächtiges sehen. Was blieb, war ein Kribbeln im Nacken. Immer wieder drehte sie sich um.

»Was ist denn mit dir?«, fragte Merle, der das sonderbare Verhalten ihrer Freundin aufgefallen war.

Ricardo blieb stehen. »Was ist los?«

Zoe hielt ebenfalls an. »Ich bin mir nicht sicher, aber ich glaube, wir werden verfolgt.«

Ricardo konnte sich das Grinsen nicht verkneifen. »Ja, klar.«

Zoe blickte ihn wortlos an und er verstummte. Er kannte sie lange genug, um zu wissen, dass sie keinen Spaß machte. Nach einer kurzen Überlegung schlug er vor: »Wir machen es so: Ihr beide geht weiter und redet laut miteinander. Ich verstecke mich hier und warte ab, was passiert. Wenn uns wirklich jemand folgt, hat er ja nur die Möglichkeit, diesen Pfad zu nehmen.«

»Und wenn nicht?«, fragte Merle nervös.

»Dann ist es ein Klammeraffe. Es gibt nur diese eine Möglichkeit, hier runterzugehen.«

Merle blickte sich um. »Du hast recht. Auf der einen Seite fallen die Felsen steil ab und auf der anderen Seite geht's in die Höhe. Außerdem hängen einem die Pflanzen ständig vor dem Gesicht.«

Also war es beschlossene Sache. Während Zoe und Merle laut schwatzend dem Pfad nach unten folgten, schlug sich Ricardo in die Büsche. Er musste auch gar nicht lange warten. Schon bald näherte sich jemand mit federleichten Schritten. Ricardo staunte. Der konnte sich ja wirklich fast lautlos bewegen! Ein Wunder, dass Zoe überhaupt etwas gemerkt hatte. Wahrscheinlich würde sie sagen, dass es auch eher weibliche Intuition gewesen war und nicht ihr Gehör. Ricardo grinste in sich hinein. Wer der Verfolger wohl war? Besonders groß und schwer schien er ja nicht zu sein. Vorsichtig spähte er durch einige dichte Farnblätter. Da, schon wippten einige Blätter auf der anderen Seite des Pfades und bald schon konnte er einen ersten Blick auf den Verfolger erhaschen. Ricardo starrte ihn erstaunt an. Das konnte doch nicht sein.

»Was machst du hier?«, fragte er auf Spanisch und trat mit einem großen Schritt mitten auf den Pfad.

»Ahh!«, schrie Paola. »Musst du mich so furchtbar erschrecken?«

Zoe und Merle, die den Schrei ebenfalls gehört hatten, drehten auf der Stelle um und liefen hastig zurück. Schon sah Ricardo den blonden Haarschopf von Zoe, und kurz hinter ihr kam Merle den Pfad hoch. »Was hat das zu bedeuten?«, fragte Zoe verwirrt, als sie Paola bemerkte. Ricardo übersetzte.

Aufrecht und stolz stand Paola vor den Freunden. Ihre langen Haare hatte sie zu einem Pferdeschwanz zusammengebunden. »Komm schon«, meinte Ricardo. »Wir wissen doch alle, dass du uns verfolgt hast. Wie lange bist du schon hinter uns her? Sag schon!«

Paola redete ohne Punkt und Komma, und Ricardo hatte Mühe, sich alles zu merken. Während sie erzählte und erzählte, wurden Ricardos Augen immer größer. Dann erklärte er: »Sie folgt uns schon, seit wir im Camp losgegangen sind. Und bevor ihr fragt, ja, sie ist uns bis zu der Höhle gefolgt, war aber nicht drinnen.«

»Warum nicht?«, fragte Zoe.

»Sie hat gesagt, dass ihr Bruder ihr das verboten hat. Angeblich sei die Höhle gefährlich.«

»Warum das denn?« Nun war Zoe noch irritierter. »Was soll denn in der Höhle so gefährlich sein? Es gibt hier doch keine wilden Tiere, die dort drin hausen könnten.« Merle blickte sie erstaunt an. »Na, deine Lieblingsfledermäuse meine ich nicht, eher so was wie Bären, wie in Kanada. Da kann es ja schon mal sein, dass man in einer Höhle auf unliebsame Bewohner stößt, die das vielleicht nicht so nett finden, wenn man sie überraschend besucht …«

Nun musste Merle grinsen, das meinte Zoe also.

Ricardo nahm den Faden auf und sagte auf Spanisch: »Die Höhle ist nicht gefährlich. Jedenfalls nicht, soweit wir das beurteilen können. Es gibt genügend frische Luft und keine tiefen Löcher oder Gänge. Der See hat auch keine giftigen Dämpfe verströmt.«

Paola blickte ihn erstaunt an und sprach auf ihn ein. Zoe blickte Ricardo fragend an.

»Sie sagt, dass sie nichts von einem See in der Höhle weiß.«

»Glaubst du ihr?«, fragte Zoe.

»Ich weiß nicht, es klang schon sehr glaubhaft.«

»Also ich finde, es ist an der Zeit, offen zu reden. Lasst uns doch in unserer Hütte über alles sprechen.« Zoe blickte erwartungsvoll in die Runde.

Nachdem Ricardo für Paola übersetzt hatte und sie einverstanden war, gingen sie schweigend ins Camp zurück und gelangten ohne weitere Störungen in ihre Hütte. Zoe beschloss, ihre Katze erst später bei ihrem Vater abzuholen. Dort war sie ja schließlich gut versorgt, und sie wollte das Gespräch mit Paola nicht aufschieben.

In der Küche stand Paola zuerst zögernd in der Tür, bis Ricardo auf einen Stuhl deutete. Dann erst setzte sie sich. Sie wirkte irgendwie verwirrt. Merle seufzte, ging an den Kühlschrank und holte erst einmal Getränke. Sie öffnete eine Zitronenlimonade und stellte die Flasche vor Paola auf den Tisch. Vielleicht kehrten durch das kalte Getränk ihre Lebensgeister zurück. Paola blickte dankbar hoch, griff nach der Flasche und nahm einen großen Schluck. Die Zeiger der Küchenuhr krochen stetig dahin, ohne dass Paola den Mund aufmachte. Also griffen die Freunde ebenfalls nach den Getränken und sagten nichts. Sie wollten, dass das Mädchen von allein anfing zu reden. Ricardo sah sie aufmunternd an.

Schließlich begann Paola zu erzählen. Sie lebte mit ihrem großen Bruder in dem Dorf, das die Freunde gesehen hatten. Ihre Eltern arbeiteten auf Teneriffa und waren selten zu Hause. Manchmal besuchte Paola auch ihre Großeltern in Puerto de Tazacorte. Ihr Bruder war sehr streng, aber gerecht.

»Aber sie sagt, dass Miguel sich in der letzten Zeit verändert habe. Er wirke wohl angespannt, wie unter Dauerdruck. Und er muss sie wohl schon ein paar Mal richtig angepflaumt haben.«

»Hat sie eine Ahnung, was mit ihm los ist?«, fragte Zoe.

»Nein, nicht, soweit ich das verstanden habe. Sie scheint mir ziemlich durch den Wind zu sein.«

Paola saß wie ein Häuflein Elend vor ihnen. Merle stand auf, kniete sich neben das Mädchen und legte einen Arm um sie. Überrascht blickte Paola zu Merle. So nett war schon lange keiner mehr zu ihr gewesen. Dankbar lehnte sie ihren Kopf an Merles Arm.

»Was haben denn ihre Großeltern zu der ganzen Sache gesagt?«, wollte Zoe wissen.

»Und was ist denn mit ihren Eltern?«, fragte Merle.

Ricardo dolmetschte und fragte und nachdem Paola geantwortet hatte, berichtete er weiter.

»Also, die Großeltern halten wohl nicht viel von ihrem Bruder. Und ihre Eltern sind mega selten auf La Palma. Die scheinen vor allem zu arbeiten.«

»Krass«, fand Merle.

»Sie hatte doch Fragen an uns. Wisst ihr noch? Frag sie mal dazu«, meinte Zoe.

Und das tat Ricardo dann auch. »Also, das ist ganz schön chaotisch, und ich werde auch echt nicht richtig schlau draus. Ihr Bruder hat ihr verboten, ins Camp zu gehen, dabei war sie früher oft an den Zeichnungen. Ich hab das so verstanden, dass sie die schon immer interessiert haben.«

Merle nickte dazu, denn die Ritzzeichnungen waren ja auch wirklich ziemlich cool. »Aber wieso hat ihr Bruder ihr das dann verboten?«

»Ich mach ja schon …« Ricardo hatte nur kurz Luft geholt. »Sie durfte nicht mehr ins Camp, aber vor Kurzem ist sie ihrem Bruder nachgeschlichen und ratet mal, wo der hinging?«

»In den Tunnel«, sagten Merle und Zoe wie aus einem Mund.

»Ganz genau. Aber dann hat sie ihn wohl aus den Augen verloren und ist auch noch über einige Fallen gestolpert.«

»So wie die, die wir gefunden haben?«

»Sieht so aus.«

Paola blickte Ricardo an und ließ einen weiteren Redeschwall auf ihn los, während Zoe und Merle ungeduldig auf die Übersetzung warteten.

»Sie meint, dass diese Fallen früher oft bei der Kaninchenjagd eingesetzt worden waren.«

»Und heute nicht mehr?«

»Nein, wie es aussieht, nicht. Heute wird wohl nur noch mit Hunden und Frettchen Jagd auf die Kaninchen gemacht. Sie findet das total komisch, als ob jemand die Kaninchen lautlos jagen möchte.«

»Aha«, meinte Zoe, verstand aber nur Bahnhof.

In diesem Moment fragte Paola Ricardo etwas. »Sie möchte wissen, wo Blue ist. Ich habe ihr gesagt, dass sie bei deinem Vater ist.«

»Wieso, was ist denn mit Blue?« Zoe verstand die Welt nicht mehr. Ständig ging es um ihre Katze! Paola sprach wieder auf Ricardo ein, und eine ganze Weile waren sie komplett in ihr Gespräch vertieft. Zoe fing unruhig an, mit ihren Füßen zu wippen und Merle holte sich noch was zu trinken.

Ricardo blickte Paola sprachlos an. »Bist du sicher?«

»Si, klar bin ich mir sicher. Aber ich weiß auch nicht, was das bedeutet.«

»Was ist denn los?«, fragte Zoe schließlich ungeduldig.

»Hm, sie sagt, dass in letzter Zeit öfter mal so komische Leute bei ihnen zu Hause waren.«

»Was denn für komische Leute?«

»Sie musste immer auf ihr Zimmer gehen und konnte sie nicht richtig sehen. Aber hören ...«

»Und, was haben die gesagt?«, fragte Merle.

»Paola konnte nur einige Wörter verstehen, aber sie ist sich sicher, dass *Schnee, Opfer* und *Sekte* dabei war.«

»Was geht hier eigentlich ab?«, fragte Zoe und rieb sich über die Nase. »Immer wieder bekommen wir das Wort *Sekte* und *Opfer* zu hören. Und dass ich auf Blue aufpassen soll.«

»Das Wort *Schnee* ist in diesem Zusammenhang mega komisch.« Ricardo zog die Stirn kraus und fuhr fort: »Schnee gibt es hier nur auf dem höchsten Berg der Insel, dem Roque de los Muchachos.«

Auch Merle dachte angestrengt nach. Dann hatte sie einen Gedankenblitz. »Schnee … Könnte damit nicht auch was anderes gemeint sein? Drogen meine ich, Kokain oder so? Ich habe da mal eine Doku drüber gesehen.«

Ricardo und Zoe starrten ihre Freundin einen kurzen Augenblick an, dann sagte Ricardo: »Wow, das könnte passen.«

»Wahnsinn«, kam es von Zoe.

Paola blickte die drei fragend an. Also übersetzte Ricardo ihr die Vermutung, was die Drogen anging, und er erzählte auch davon, dass sie die Worte *Opfer* und *Sekte* schon mehrfach hier im Camp gehört hatten. Paola war eine Weile still, dann richtete sie sich auf und fing so schnell an zu sprechen, dass Ricardo keine Chance hatte, auch nur irgendein Wort zu übersetzen. Deshalb blieb Zoe und Merle nichts anderes übrig, als dem spanischen Gespräch zuzuschauen, denn verstehen konnten sie gar nichts.

»Ich weiß nicht, wie das alles zusammenpasst. Aber ich habe Angst, dass mein Bruder Mitglied einer Sekte ist. Ihr kennt ja sicher die Geschichte der Ureinwohner hier?«

Ricardo nickte.

»Dann wisst ihr ja sicher auch, dass sie oft blond und blauäugig gewesen sein sollen.« Paola zeigte mit dem Finger auf sich und fuhr fort: »So wie ich und mein Bruder, so wie einige bei uns im Dorf.«

Ricardo sah sie sprachlos an. Dass ihnen das nicht schon viel früher aufgefallen war. Aber sicher, Paola hatte lange blonde Haare und blaue Augen. Auch der Verkäufer in dem Laden im Dorf war blond gewesen. Genauso wie der Bruder von Paola. »Wir sind die Nachfahren der Benahoaritas. Deshalb sind wir auch hellhäutiger, oft auch blond. So hat es mir jedenfalls mein Bruder mal erklärt.« Paola holte tief Luft und fuhr fort: »Miguel hat mir auch erzählt, dass manche Leute es sehr schade finden, dass die alte Kultur und die Sprache der Ureinwohner einfach so verschluckt wurden. Manche möchten die alten Gebräuche wieder aufleben lassen. Und naja, da gehören die Versammlungs- und Opferplätze mit dazu …«

»Wie jetzt? Du meinst, hier laufen Menschen rum, die auf alte Gebräuche und das Opfern von Tieren stehen?«

Paola nickte matt.

»Aber Tieropfer sind doch verboten!«

»Ja, aber die Fallen sprechen für sich. Ich habe keine Ahnung, ob es wirklich eine Sekte ist und ob sie was mit Drogen zu tun haben auch nicht. Alles, was ich weiß, ist, dass Miguel sich seltsam verhält, komischen Besuch bekommt und ich schon mehrfach auf Tierfallen gestoßen bin.«

Zoe wurde das Gespräch zu langatmig, sie hatte einfach keine Geduld mehr. »Könntest du uns bitte mal wieder an eurem Gespräch teilhaben lassen?«

»Moment, gleich.«

»Paola, warum hast du nach Blue gefragt?« Ricardo ahnte die Antwort, wollte sich aber vergewissern.

»Weil ich über so viele Fallen gestolpert bin.«

Also doch. Da waren Leute im Busch unterwegs, die Kaninchen nachstellten, und vielleicht, wie Francesca meinte, auch zu einer Katze nicht nein sagen würden. Das ging irgendwie nicht in seinen Kopf hinein. Sowas konnte es doch heutzutage gar nicht mehr geben, oder? Aber wenn er Paola so betrachtete, konnte er sich einfach nicht vorstellen, dass sie log. Also fing er an, das Gespräch für Zoe und Merle zusammenzufassen. Als er zu dem letzten Punkt kam, sprang Zoe auf und rannte hektisch aus der Hütte. Sie musste jetzt sofort wissen, wie es Blue ging!

Paola blickte ihr überrascht hinterher und Ricardo erklärte ihr, dass sie nach ihrer Katze schauen wollte. »Kommt, wir gehen mit«, sagte Ricardo.

Mit schnellen Schritten folgten sie Zoe zu der Hütte ihres Vaters. Schon von Weitem konnte Merle sehen, dass etwas nicht stimmte.

»Oh lieber Gott, bitte nicht Blue«, flüsterte sie.

Die Tür der Hütte stand sperrangelweit offen und so gingen sie schnurstracks hinein und folgten den aufgeregten Stimmen, die aus der Küche zu hören waren. Im Flur stolperten sie fast über einen großen Koffer, der mitten im Weg stand. Merle stutzte und seufzte dann laut. Auch Ricardo hatte den Koffer erkannt und war nicht sehr erbaut über diese unerwartete Wendung.

Paola folgte den beiden wortlos und verstand überhaupt nichts. Ricardo versuchte ihr zu erklären, dass der Koffer der Cousine von Zoe gehörte, aber er war so aufgeregt, dass ihm spontan die Worte fehlten. Kyra hatte ihnen gerade noch gefehlt.

Es war kein Geheimnis, dass die drei Freunde die Cousine von Zoe nicht sonderlich mochten. Kyra war überheblich, arrogant und äußerst anspruchsvoll. Leider hatten Kyras Eltern in den Ferien oft keine Zeit für ihre Tochter, da sie auf irgendwelchen Reisen waren. Ricardo verstand ehrlich gesagt nicht so genau, wieso sie Kyra dann nicht mitnahmen. So verbrachte sie zum Leidwesen der Freunde immer mal wieder die Ferien bei Dr. Balter. Zoe sagte öfter, dass sie seit dem Tod ihrer Mutter zwar bei den Eltern ihres Vaters lebte, aber in den Ferien sehr viel Zeit mit ihrem Vater verbrachte. Außerdem fühlte sie sich im Haus ihrer Großeltern sehr wohl. Natürlich vermisste sie ihre Mutter, die vor einigen Jahren gestorben war, aber im Vergleich zu Kyra ging es ihr richtig gut. Und sie hatte schon das ein oder andere Mal davon gesprochen, wie es wohl wäre, wenn auch Kyra in dem Haus der Großeltern wohnen würde. Diese Vorstellung hatte ihr anscheinend nämlich gar nicht gefallen. Und das konnte Ricardo gut verstehen. Und nun war Kyra also wieder mit von der Partie. Erst im letzten Urlaub, in Japan, war sie auch für eine ganze Zeit dabei gewesen. Das hatte die drei Freunde total genervt, aber Ricardo musste zugeben, dass sich Kyra erstaunlicherweise echt kooperativ verhalten und sich zum Schluss sehr für die Freunde und vor allem für Blue eingesetzt hatte. Er hatte mit Zoe und Merle auch schon mal darüber gesprochen, dass sie alle drei nicht so recht schlau aus Kyra wurden. Manchmal konnte sie nämlich auch ein richtiger Teamplayer sein.

Während sich in Ricardos Kopf noch die Gedanken drehten, war Merle schon in die Küche gegangen und sprach mit Kyra. Er hörte ein leises Maunzen, und das beruhigte ihn sehr. Die Katze war nämlich ganz klar ein Teil des Teams Blue. Sie gehörte einfach dazu, auch wenn er gerne mal einen flotten Spruch wegen ihr machte. Außerdem hatte die Katze ja gerade erst in Japan gezeigt, was in ihr steckte. Sie hatte die Freunde nicht nur einmal mit ihrem guten Riecher aus der Patsche geholfen.

Schnell ging er die letzten Schritte in die Küche und zog Paola dabei mit sich. Sie fühlte sich etwas unwohl. Was, wenn ihr Bruder herausfand, dass sie im Camp war?

»Hallo Kyra.« Ricardo hoffte, dass keiner merkte, dass der frohe Klang seiner Stimme nicht ganz echt war.

»Hi«, lautete die kurze Antwort. Kyra saß auf einem Küchenstuhl und hatte ein Glas Cola vor sich stehen. Ricardo hatte spontan wieder Bilder von ihrem Abenteuer in Japan im Kopf, wie sie vor ihrer obligatorischen Cola saß und leise schlürfend durch den Strohhalm trank.

»Ich wusste gar nicht, dass du auch kommst«, sagte er lahm. Zoe blickte ihn vielsagend an und meinte: »Das wusste hier keiner.«

Merle blickte ihre Freundin fragend an. »Wie jetzt? Irgendjemand muss es doch gewusst haben.«

Dr. Balter schüttelte den Kopf. »Nein, das war noch nicht klar. Jedenfalls gab es noch keinen Termin. Mein Bruder hat mir kurzfristig Bescheid gesagt, dass Kyra im Flugzeug sitzt. Vielleicht habe ich den Termin bei der ganzen Aufregung hier im Camp aber auch vergessen. Ich bin dann vorhin zum Flughafen gefahren und habe sie abgeholt.«

Kyra hob den Kopf und fragte mit säuerlicher Miene: »Und wo soll ich jetzt schlafen? Hoffentlich nicht wieder auf einer Luftmatratze wie in Japan. Darauf habe ich nämlich überhaupt keine Lust.« Kyra redete ohne Punkt und Komma weiter. »Ich muss mich nämlich mal dringend hinlegen. Der Flug war total nervig. In Gran Canaria musste ich umsteigen und hab ewig auf meinen Anschlussflug gewartet. Und später, im Flugzeug, saß so ein verrückter Typ neben mir. Der hat mich die ganze Zeit vollgequatscht. Er würde tauchen und hätte sich auf Gran Canaria eine neue und professionelle Taucherausrüstung gekauft.« Kyra nahm wieder einen großen Schluck von ihrer Cola und fuhr dann fort: »Der war total stolz drauf und hat mir erzählt, wo er schon überall tauchen war. Im Atlantik, aber auch schon im Bodensee. Das müsst ihr euch mal vorstellen, der Verrückte ist nach Deutschland geflogen, um dort im Bodensee tauchen zu gehen. Ich meine, wie bescheuert muss man denn sein?«

Dr. Balter unterbrach Kyras Redefluss und blickte fragend zu Paola. »Wen habt ihr denn da eigentlich mitgebracht?« Paola stand noch immer mitten in der Küchentür und hatte sich nicht mit an den Tisch gesetzt. Sie hatte sowieso nichts von der Unterhaltung verstanden und wollte eigentlich nach Hause.

Ricardo zog sie in die Mitte des Raumes und erklärte: »Das ist Paola. Wir haben sie bei einer Wanderung kennengelernt.« Das war ja nicht gelogen, aber mehr wollte Ricardo Dr. Balter nicht verraten. Jedenfalls noch nicht.

In diesem Moment kam Tom ins Haus gestürmt und rief völlig außer Atem: »Wir sind schon wieder beklaut worden.«

Dr. Balter sprang so heftig vom Stuhl, dass dieser umkippte. »Was ist los?«, fragte er. »Die Höhle ist aufgebrochen worden?« Tom nickte atemlos.

»Das kann doch nicht sein, wir haben sie doch so gut abgeriegelt, außerdem wussten nur wenige Leute von der Höhle.« Mit einem bestürzten Gesichtsausdruck stellte er den Stuhl wieder hin und sagte: »Das muss ich mir anschauen.«

Mit diesen Worten verschwand er aus der Küche. Tom folgte ihm. Kyra blickte ihnen mit verdattertem Gesichtsausdruck hinterher.

»War das nicht Tom?«, fragte sie erstaunt.

Zoe nickte: »Ja, das war er. Mieke ist auch hier.« Ricardo bemerkte erstaunt, dass sich ein leichtes Lächeln auf Kyras Gesicht ausbreitete.

»Schön, dann kenne ich ja zumindest ein paar Leute hier. Sehr nett.« Dann erhob sie sich schwerfällig von ihrem Stuhl und schlurfte zu ihrem Koffer. »Wo schlafe ich denn jetzt eigentlich? Ich würde sehr gerne duschen und mich vor dem Abendessen noch eine Runde hinlegen.«

Zoe sah zwar nicht sehr erfreut aus, sagte aber: »Komm mit, wir zeigen dir alles.«

Die Freunde und Paola standen auf und gingen raus. Kyra folgte ihnen wortlos und schnappte sich im Flur ihren Koffer, den sie hinter sich herzog. »Ist es noch weit?«, ächzte sie bereits nach einigen Metern, denn die Rollen ihres Koffers versanken im Sand. Ricardo bot seine Hilfe an und trug gemeinsam mit Kyra den Koffer in ihre Hütte.

Blue folgte ihnen und jagte unterwegs vergnügt die eine oder andere Eidechse.

»Zum Glück hat sie bisher noch keinen Erfolg gehabt«, murmelte Merle bei dem Anblick der Katze, die geduckt und mit gestrecktem Schwanz den kleinen Reptilien hinterherschoss. Paola ging automatisch mit, wäre aber immer noch am liebsten direkt nach Hause gegangen. Ricardo bemerkte ihr Unbehagen und sagte ihr, dass die Freunde ihr noch unbedingt etwas erzählen mussten.

Im Zimmer von Zoe und Merle stand, etwas abseits am Fenster, noch ein drittes Bett.

Zoe zeigte darauf und meinte: »Dort kannst du schlafen.« Kyra war zufrieden und ließ sich auf die weiche und federnde Matratze plumpsen. »Traumhaft.« Aber sie fühlte sich nicht wirklich traumhaft. Für sie war das hier ein weiterer Sommer ohne ihre Eltern, den es zu überstehen galt. Ihr war durchaus bewusst, dass sie bei den anderen nicht sonderlich beliebt war, und natürlich war ihr das auch nicht gänzlich egal, aber unbeteiligt und arrogant zu sein, half Distanz zu wahren. Und dennoch, wenn sie so darüber nachdachte, war es in Japan bei ihrer Cousine und ihren Freunden das erste Mal seit Langem wieder ganz nett gewesen, und sie hatte sich zeitweise richtig gut gefühlt. Außerdem mochte sie Blue mehr, als sie vor den anderen zugeben wollte. Die Katze hatte mühelos einen samtigen Pfad in Kyras sonst so verschlossenes Herz gefunden.

Die Freunde setzten sich mit Paola in die Küche. Sie hatten ihr ja noch gar nichts von der Höhle und dem See erzählt. Jedenfalls nicht davon, wie er aussah. Ricardo kramte etwas in seinem Gedächtnis und erzählte Paola von dem See und seinem Leuchten und Strahlen, von dem weißen Kiesstrand und auch davon, dass sie irgendetwas unter der Wasseroberfläche gesehen hatten. »Entweder war es doch ein Unterwasserfelsen, wie Zoe meinte, oder irgendetwas ist dort unter Wasser.«

Merle hob die maunzende Blue hoch und setzte sie sich auf den Schoß. Es war immer wieder schön, das weiche Fell der Katze zu streicheln, und auch Blue liebte das über alles. Es schien, als würde die Welt der Katze nur aus Kraulen, Schnurren, Fressen und Jagen bestehen. Merle genoss die Anwesenheit der Katze immer sehr. Sie hatte nämlich kein Haustier und so war Blue irgendwie auch ein wenig ihre Katze. Die Katze rollte sich wie auf Kommando ein und war nach wenigen Augenblicken auch schon eingeschlafen.

Ricardo schüttelte den Kopf. »Katze müsste man sein, immer und überall schlafen können.«

Zoe schaute ihn vielsagend an. »Das kannst du doch auch.« Ricardo ging nicht weiter darauf ein, aber so Unrecht hatte Zoe gar nicht.

»Also«, sagte Merle, »ich glaube eigentlich auch nicht mehr, dass es ein Unterwasserfelsen war. Überlegt doch mal, was Paola gesagt hat. Ihr Bruder hat ihr gesagt, dass die Höhle gefährlich sei. Und nach unserer Einschätzung ist sie es ja nicht.«

»Es sei denn, *unter* der Wasseroberfläche schlummert eine Gefahr.« Die Freunde blickten fassungslos zu Kyra, die ganz entspannt auf ihrem Bett saß und locker flockig von einer Unterwassergefahr faselte. Ricardo übersetzte eilig für Paola.

»Meine Güte, dein Spanisch ist echt grottenschlecht. Mich wundert, das Paola überhaupt etwas von dem Kauderwelsch versteht, das du ihr erzählst.«

Ricardo bekam einen roten Kopf und stotterte: »A-also, jetzt h-hör m-al!«

Aber Kyra kümmerte sich überhaupt nicht um ihn, sondern begann flüssig und fließend Paola von dem zu erzählen, was sie bisher von Ricardo aufgeschnappt hatte. Paola fing an zu lächeln. Endlich kam etwas mehr Licht in die ganze Sache. Zuvor hatte sie wirklich nicht immer alles von dem verstanden, was Ricardo ihr übersetzt hatte.

»Wieso kannst du Spanisch?«, fragte Zoe erstaunt.

»Das möchte ich auch gerne wissen!« Ricardo hatte sich wieder etwas abgeregt und war nicht mehr rot wie eine Tomate.

»Spanisch ist nach Englisch und Chinesisch die meist gesprochene Sprache der Welt. Das dürftet ihr ja wohl wissen.«

»Ja, und?« Konnte Kyra nicht einfach auf Zoes Frage antworten? Ricardo wippte ungeduldig mit den Füßen.

»Meine Eltern schätzen Fremdsprachenkenntnisse sehr, deshalb hatte ich schon sehr früh Spanischunterricht. Immerhin ist es doch eminent wichtig, sich in vielen verschiedenen Sprachen ausdrücken zu können. Und außerdem hatten wir auch mehrfach Au-pair-Mädchen aus Spanien, als ich klein war.«

Ricardo verdrehte die Augen, das klang ja wie aus dem Werbeprospekt einer Fremdsprachenschule. »Und Chinesisch kommt als nächstes dran?«

»So ist es.«

Komischerweise fiel Ricardo dazu nichts mehr ein. Er starrte Kyra bloß an. Auch Zoe war ungewohnt still. Sie hatte davon nichts gewusst. Aber ehrlich gesagt erzählte Kyra ja sowieso fast nie etwas von sich.

Merle aber fand das ganz schön praktisch: »Ist doch prima, dann können wir uns ja jetzt alles nochmal ausführlich erzählen.«

Und das taten sie dann schließlich auch. Die Freunde berichteten nochmal von der Höhle und dem See und was sie sonst noch im Camp erlebt hatten. Und natürlich auch von den schwarzen Federn.

»Krass, was hier schon wieder los ist. Normalen Urlaub könnt ihr nicht, oder?« Kyra war echt erstaunt, in was die anderen da verwickelt waren. Als sie das mit den Federn dolmetschte, waren die Freunde überrascht zu hören, dass Paola noch nie etwas davon gehört hatte.

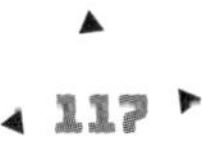

»Das kann doch nicht sein!«, wunderte sich Ricardo. »Francesca sagte doch, dass jeder hier diese alte Geschichte kennen würde.«

»Also, passen würde es schon«, erklärte Paola Kyra, als diese Ricardos Aussage übersetzt hatte. »Immerhin ist der Cuervo nicht sonderlich beliebt. Er ist groß und schwarz. Außerdem ernten diese großen Vögel auch schon mal innerhalb kürzester Zeit einen ganzen Weinberg ab. Die Weinbauern sind wirklich nicht gut auf ihn zu sprechen. Dabei sieht er immer toll aus, wenn er über die Landschaft segelt. Er ist riesengroß. Leider sehe ich ihn nicht so oft. Ich glaube, dass insgeheim noch immer Jagd auf ihn gemacht wird, obwohl das eigentlich verboten ist.«

Kyra übersetzte für die anderen und Ricardo rieb sich nachdenklich über die Nase. Irgendwas passte hier nicht zusammen.

»Wie auch immer«, meinte Merle. »Ich finde den See viel spannender. Und ich möchte echt gerne wissen, ob dort wirklich etwas versteckt ist.«

»Na, das werden wir wohl nicht herausfinden, oder möchtest du dort tauchen gehen?«

Merle schüttelte vehement den Kopf. Darauf hatte sie ehrlich gesagt überhaupt keine Lust.

Da kam Ricardo ein Gedanke: »Sag mal Kyra, dieser Typ aus dem Flugzeug, du weißt nicht zufällig wo der wohnt oder wie der heißt?« Gespannt blickten alle zu Kyra.

»Warte mal, wie hieß der noch gleich.« Kyra rieb sich nachdenklich mit der Hand über ihre Schläfe. »Ach ja. Pablo. Den Nachnamen weiß ich leider nicht, dafür aber, wo er wohnt.«

»Nämlich?«, fragte Ricardo.

»In Taza irgendwas. Ich glaube, am Hafen oder so.«

»Super, in Tazacorte, das passt ja hervorragend.« Merle klatschte vor Freude mit den Händen.

»Ich weiß zwar nicht, was daran hervorragend sein soll, aber es ist zumindest besser als nichts«, grummelte Ricardo. Er hatte auf einen kompletten Namen und natürlich auch auf eine Anschrift gehofft. Aber das wäre wohl zu viel des Guten gewesen, warum sollte Kyra auch mit einem völlig fremden Erwachsenen Kontaktdaten tauschen?

Paola hatte nicht alles verstanden, glaubte aber den Namen eines Bekannten verstanden zu haben. »Pablo?«, fragte sie deshalb nach.

»Si! Pablo«, bestätigte Kyra. »Kennst du ihn?«

Und ob Paola ihn kannte! Er wohnte in der Nachbarschaft ihrer Großeltern. Ihr Großvater hatte früher immer gelächelt, wenn sie ihn am Strand getroffen hatten, und gesagt: »Pablo hätte eigentlich mit Flossen geboren werden müssen. Er ist so oft im Wasser, dass ihm vielleicht eines Tages noch welche wachsen.« Tatsächlich war Pablo fast jeden Tag am Strand gewesen und war geschwommen, getaucht und geschnorchelt. Später hatte er dann in den Ferien oder auch nach der Schule Geld in den Souvenirläden verdient, um den Tauchschein machen zu können. Und nun hatte er anscheinend eine eigene Tauchausrüstung gekauft. Vielleicht konnte Pablo ihnen ja helfen.

»Wie tief ist denn das Ding unter Wasser?«, fragte sie Kyra, die wieder dometschte.

»Das kann man nicht genau sagen, wir konnten es in dem schwachen Licht nicht so gut erkennen. Aber ich glaube nicht sehr tief.« Ricardo war sich da recht sicher.

Paola fing wieder an zu reden. Ricardo staunte insgeheim immer noch. Zoes Cousine beherrschte die Sprache so gut, dass sie praktisch simultan übersetzte. Jedenfalls ging das bei ihr alles mega fix.

»Paola meint, dass dieser Pablo auch Sachen zum Schnorcheln hat. Also Brillen, Schnorchel und Flossen.«

Zoe und Ricardo sahen sich an. Das klang ja fantastisch.

Nur Merle sah das etwas anders. »Ihr wollt doch nicht wirklich da tauchen gehen, oder? Ich mein, das kann doch echt übel ausgehen.«

Es war doch völlig verrückt, in einer dunklen Höhle in einem See zu tauchen, oder auch nur schwimmen zu gehen. Egal wie schön die Kieselsteine am Strand auch geleuchtet haben mögen. Das Risiko war ihr einfach zu groß, dass dort in der Tiefe etwas auf sie lauerte.

Zoe kicherte leise: »Merle denkt sicher an Meermonster. Oh, sorry ich meinte natürlich Seemonster.«

Auch Ricardo lachte: »Also Nessie werden wir da ganz sicher nicht treffen. Die ist in Schottland gut beschäftigt.«

Es war ausgerechnet Kyra, die Merle in Schutz nahm. »Seid ihr jetzt fertig?« Ricardo und Zoe blickten sie erstaunt an. »Ich glaube nicht, dass Merle an Ungeheuer gedacht hat, sondern eher an andere Gefahren.«

»Und was sollen das für welche sein?«, fragte Ricardo neugierig.

»Keine Ahnung.« Kyra zog die Schultern hoch. »Vielleicht versenktes illegales Zeug, radioaktives Material oder so was?«

Zoe verdrehte die Augen. Ihre Cousine drückte sich immer so theatralisch aus. »Du schaust definitiv zu viel fern, weißt du das?«

Kyra schwieg beleidigt.

»Lasst uns mal mit dem Quatsch aufhören«, forderte Ricardo die anderen auf. Alle nickten. »Eine gute Ausrüstung wäre in der Tat von Vorteil. Schließlich wollen wir doch herausfinden, was dort im See los ist, oder? Vielleicht ist es ja doch ein Felsen oder irgendetwas anderes Natürliches. Wer kann das schon sagen?«

Stille breitete sich im Raum aus, jeder hing seinen Gedanken nach. Bis Paola plötzlich auf die Küchenuhr blickte und erschrocken aufsprang und etwas rief.

»Sie sagt, sie muss nach Hause, ihr Bruder sei sicher schon zurück. Sie möchte keinen Ärger bekommen oder ihn auf unsere Spur bringen.«

Ricardo stand auf und bot an, sie zu begleiten, aber das lehnte Paola kategorisch ab. Hektisch sprintete sie durch die Haustür und rief dabei noch etwas.

»Sie möchte nicht, dass ich mitkomme, alleine sei sie unauffälliger.«

Kyra lachte schallend. »Na, die Übersetzung kommt ungefähr hin.«

»Wieso nur ungefähr?«

»Na, weil sie auch noch gesagt hat, dass sie alleine viel schneller sei.«

Zoe grinste. »Mach dir nichts draus, Ricardo. Die Spanier sind doch dafür bekannt, dass sie eine Frage stellen und schon auf eine Antwort warten, während man selbst erst beim dritten Wort im Satz ist.«

»Genauso ist es«, stimmte Kyra zu.

Die Freunde traten vor die Tür und blickten der Staubfahne hinterher, die Paola auf dem sandigen Weg aufwirbelte.

»Schon irgendwie nett, das Mädel«, murmelte Zoe.

»Ganz meine Meinung«, war die prompte Antwort von Ricardo. Merle grinste in sich hinein, aber sie fand Paola auch sehr nett.

»Könnt ihr bitte mal die Tür schließen, hier kommt eine richtige Staubwolke an.«

Zoe verdrehte mal wieder die Augen und formte mit den Lippen ein Wort: »Kyra!«

Nach der ganzen Aufregung beschlossen auch die Freunde, sich noch für eine Weile hinzulegen und sich etwas vor dem Abendessen auszuruhen. Ricardo nahm sich vor, Paola morgen nach der Adresse oder besser noch, nach der Telefonnummer von Pablo zu fragen. Vielleicht konnte der ihnen ja wirklich helfen.

KAPITEL 7

KEIN GUTER ORT

Zoe war nach einer ruhigen Nacht frühmorgens zu einer Fitnessrunde aufgebrochen. Es war zwar kein normales Joggen, aber die steilen Pfade rauf und runter zu hecheln, war ja auch Training. Außerdem fanden sich unterwegs genügend Möglichkeiten, um Klimmzüge zu machen. Sie beschloss spontan, bis zur Höhle mit dem See zu laufen. Das war eine richtig schöne Entfernung. Die Sonne stieg gerade erst über die Hügel und verbreitete ihr sanftes Morgenlicht zwischen den Bäumen und Felsen. Die ganze Landschaft war in Licht und Schatten gehüllt. Der dunkle Sand, die dunklen Felsen mit den Vertiefungen der Zeichnungen, dazwischen das satte Grün der Bäume und Sträucher, das Rascheln der Eidechsen, die in der Wärme der Sonnenstrahlen langsam wieder beweglicher wurden, das fröhliche Gezwitscher der vielen Vögel, es war wunderschön. Leichtfüßig lief Zoe den steilen Pfad hoch und kam dabei ganz schön ins Schnaufen. Gehen und Laufen war schon ein großer Unterschied. Viel schneller als gestern kam sie an der Höhle an. Hier wollte sie umkehren und ins Camp zurücklaufen. Zoe machte einige Dehnübungen und bestaunte nebenbei die schöne Gegend. Dabei blieb ihr Blick an etwas hängen, das ihr sehr bekannt vorkam.

»Das kann doch nicht … das gibt es doch nicht!« Mit wenigen Schritten stand sie vor dem Eingang der Höhle und blickte nach oben. Über ihr hing, gut befestigt, eine schwarze Feder. Zoe dachte nicht lange nach, sondern kletterte den Felsen hoch und holte die Vogelfeder. Erstaunlicherweise fühlte sie in diesem Moment keine Angst, obwohl es die *dritte* Feder war. Ob es daran lag, dass Paola die Legende des Cuervos nicht kannte? Sie konnte nicht sagen wieso, aber als sie mit der Feder hinter dem Ohr wieder hinunterkletterte, hatte sie das Gefühl, dass bald mehr Klarheit in das ganze Wirrwarr im Camp kommen würde. Auf dem Pfad angelangt, nahm sie die Feder fest in die Hand und lief zum Camp hinunter. Währenddessen musste sie an das vergangene Abendessen denken. Die Stimmung in der Küche war gedrückt gewesen, und Gloria hatte schlechte Laune gehabt. Das Essen hatte nicht wirklich gut geschmeckt und Francesca war ungewohnt schweigsam gewesen. Ihr Vater, Mieke und Tom hatten sich lange über den erneuten Diebstahl ausgelassen und überlegt, wer das Versteck verraten haben könnte. Oder noch schlimmer – ob sie vielleicht bei ihrer Arbeit beobachtet wurden? Tom war vor dem Essen zur Polizei gefahren, aber unverrichteter Dinge wieder zurückgekehrt.

»Ich habe langsam das Gefühl, dass die uns überhaupt nicht ernst nehmen«, war sein resignierter Kommentar gewesen. Auch Mieke hatte ihre Bedenken bezüglich der Polizei geäußert. Dr. Balter hatte gesagt, dass sie wohl das Lager hier bald abbrechen würden.

»Es ergibt einfach keinen Sinn, solange die Diebstähle nicht aufgeklärt sind.«

Einen weiteren Dämpfer hatten sie bekommen, als Mieke nach dem Essen festgestellt hatte, dass in ihrer Hütte eingebrochen worden war, und sämtliche dort gelagerten Kameras verschwunden waren. Alle hatten sich daraufhin fassungslos in der Hütte umgeschaut.

»Das ist echt der Tiefpunkt«, hatte Dr. Balter gemurmelt. »So geht das nicht weiter.«

»Zum Glück sind die Rechner noch da und mit ihnen auch die ganzen Dokumentationen und Fotos, die darauf gespeichert waren. Die Laptops hatte ich nämlich besonders gut versteckt.«

»Ja, das ist zumindest etwas. Trotzdem. Ich muss mir was überlegen. Ich werde gleich morgen früh nochmal zur Polizei fahren und Rabatz machen. Immerhin geht es jetzt nicht mehr nur um Federn und Spaten, sondern um den Diebstahl von wertvollen Kameras.«

Die Freunde und Kyra waren nach der Aufregung am Abend früh ins Bett gegangen. Blue war zu Zoe ins Bett gesprungen und hatte es sich neben ihr gemütlich gemacht. Ihr Schnurren hatte sanft in Zoes Ohren vibriert.

In diesem Moment stolperte Zoe über einen Stein und wurde unsanft aus ihren Gedanken gerissen.

»Mist!«

Im letzten Moment konnte sie sich an einem Strauch festhalten.

»Das geht aber auch echt steil hier runter. Mann oh Mann.«

Im Camp traf sie auf einen verschlafenen Tom, der gerade dabei war, die Tageslosung an den Felsen zu schreiben. Als er Zoes federnde Schritte hörte, schaute er erstaunt auf.

»My dear, was machst du so früh hier draußen?« Er konnte sich ein Gähnen nicht verkneifen und hielt schnell eine Hand vor den Mund. Zoe musste kichern. Tom sah so lustig aus, wenn er müde war. So kannte sie ihn gar nicht. Sein schwarzes Haar stand ihm, noch ungezähmt von einem Kamm, in allen Richtungen vom Kopf ab und sein T-Shirt hing ihm locker über der Hose. Normalerweise trug er es immer ordentlich in die Hose gesteckt.

»Ich hab eine kleine Fitnessrunde gedreht.« Sie hielt die Feder hinter ihrem Rücken versteckt. Sie wollte auf keinen Fall sagen, dass sie diese bei der Höhle gefunden hatte. Jedenfalls nicht, solange sie den See nicht nochmal untersucht hatten.

Zoe ahnte, dass der See ganz schnell sein Geheimnis verlieren würde, wenn zu viel Trubel an der Höhle herrschte. Immerhin musste sie ja gestern jemand beobachtet und die Feder über dem Eingang angebracht haben. Das war ganz klar eine Warnung gewesen, die

Finger von der Höhle zu lassen. Das war die Bestätigung, dass dort irgendetwas nicht stimmte. Ricardo hatte recht, da lag etwas im See versteckt, und Zoe wollte unbedingt herausfinden, was es war. Sie hatte Glück, Tom war noch vollends damit beschäftigt, wach zu werden und die Losung aufzuschreiben. Mehrmals fiel ihm die Kreide aus der Hand, und während Zoe lächelnd und sehr zielgerichtet an ihm vorbeilief, hörte sie ihn leise schimpfen. Mit schnellen Schritten lief sie weiter zu ihrer Hütte und war froh, unterwegs keine weiteren Leute zu treffen. Sie riss die Haustür auf und sprintete in die Küche. Ricardo saß über seinem Reiseführer am Küchentisch und Merle fütterte gerade die Katze. Kyra föhnte sich im Bad die Haare und hörte dabei laut Musik.

»Was ist denn mit dir los?«, fragte Merle erstaunt und stellte die Futtertüte wieder in den Küchenschrank zurück. Ricardo sah sie neugierig an und selbst Blue blickte von ihrem Futternapf hoch. Zoe streckte die Feder in die Höhe.

»Schaut mal, was ich gefunden habe.«

Ricardo erstarrte und Merle vergaß, die Schranktür zu schließen.

»Wo hast du die denn her?«, wollte Ricardo wissen.

Zoe ließ sich auf einen Stuhl plumpsen. »Die hing vor dem Höhleneingang.«

Merle blickte sie ungläubig an. »Die Höhle mit dem See?«

»Genau die.«

»Wisst ihr eigentlich was das heißt?«, fragte Ricardo nach einem Moment der Stille. Er wartete die Reaktion der Mädchen gar nicht ab. »Wir wurden beobachtet. Jemand hat gesehen, wie wir in die Höhle gegangen sind. Und das ist die dritte Feder!«

Diese Gedanken hatte Zoe ja auch schon gehabt, aber jetzt kam ihr noch etwas anderes. »Oder es war jemand, dem wir erzählt haben, dass wir dort waren und was wir in der Höhle gefunden haben.«

Zoe blickte Ricardo geradeheraus an, aber er zuckte mit keiner Wimper und antwortete wie aus der Pistole geschossen: »Ich glaube nicht, dass es Paola war.«

»Okay, zumindest kannte sie die Legende des Cuervos nicht. Aber vielleicht hat sie uns bei Miguel, oder wie ihr Bruder heißt, verpetzt.« Mit einem lauten Krachen fiel in diesem Moment die Haustür ins Schloss. Die Freunde zuckten vor Schreck zusammen. Paola kam durch die Küchentür geschlendert. Heute trug sie eine Schirmmütze, unter die sie ihre Haare gesteckt hatte.

Ricardo blickte sie erstaunt an und fragte: »Was machst du denn schon hier?«

Paola trat an den Küchentisch und nahm die große Vogelfeder in die Hand.

Kyra kam mit einem Handtuch um den Kopf aus dem Bad, ihr Handy hämmerte im Hintergrund laute Beats in die Nebelschwaden. »Boah, der Fön ist ja echt das Letzte. Keine Power das Teil. Irgend so ein no name Produkt.« Mitten in der Küche blieb sie stehen. »Was ist denn hier los? So früh am Morgen schon eine Versammlung, oder wie?«

»So ungefähr«, murmelte Zoe. Konnten sie Paola nun vertrauen oder nicht?

»Frag bitte Paola, ob sie ihrem Bruder von den Federn erzählt hat. Oder sonst irgendetwas von gestern.«

Kyra schnaubte und übersetzte zügig. »Nein, sie sagt, dass sie das natürlich nicht getan hat und sie möchte wissen, wie ihr auf diese Idee kommen könnt.«

»Ich hab heute morgen eine weitere Feder vor der Höhle mit dem See gefunden.«

»Voll krass«, kommentierte Kyra und berichtete Paola sofort davon. Diese ließ daraufhin sofort einen kleinen Redeschwall los.

»Also, Paola hat definitiv nicht gepetzt, das glaube ich ihr«, sagte Kyra.

»Ich glaube ihr auch«, meinte Ricardo und Merle und Zoe nickten.

»Wir müssen unbedingt noch mal in die Höhle. Ich will wissen, was da nicht stimmt.«

Ricardo und Merle nickten zu den Worten ihrer Freundin. Kyra und Paola hatten sich an den Tisch gesetzt, während Ricardo aufgestanden war und unruhig in der Küche auf und ab lief.

»Das nervt echt«, murrte Zoe nach einer Weile. »Kannst du dich nicht mal wieder setzen? Ich kann nicht denken, wenn du wie ein Tiger im Käfig auf und ab läufst.«

Statt sich zu setzen, fragte Ricardo: »Paola, hast du die Nummer von Pablo? Vielleicht können wir uns die Schnorchelsachen von ihm ausleihen.«

Paola zückte ihr Handy und begann ein Telefongespräch. Gebannt blickten die anderen zu ihr. Als sie aufgelegt hatte, erklärte sie Kyra, was sie erreicht hatte.

»Sie sagt, dass das klar geht. Dieser Pablo bringt ihr die Sachen heute Nachmittag vorbei. Er hat wohl sowieso was in der Gegend zu tun.«

»Sehr cool«, meinte Zoe.

Ricardo war schwer beeindruckt. Das ging ja fixer als gedacht!

»Ist das nicht viel zu gefährlich?«, fragte Merle. »Was, wenn ihr Bruder das mitbekommt? Dann weiß der doch sofort, was wir damit vorhaben.«

»Nein, sie meinte, dass der heute nicht zu Hause sei. Er hat irgendwas Wichtiges in Los Llanos zu tun. Keine Ahnung, was.«

Das klang ja immer besser. Paola drehte derweil die Feder zwischen den Fingern hin und her. »Qué blando«, staunte sie. Ehrfurchtsvoll strich sie immer wieder mit den Fingern darüber. »Qué grande.«

Merle beobachtete sie und wunderte sich, dass Paola überhaupt keine Angst zu haben schien.

Dann murmelte sie leise vor sich hin und Kyra dolmetschte. »Den Cuervo kennt sie nur als ziemlich verfressenen Vogel, der sich an dem Obst der Bauern vergreift. Aber nicht als Unglücksbringer oder als Warner vor einem Unglück.«

Das klang sehr überzeugend. Zoes Magen machte sich bemerkbar, immerhin hatte sie heute Morgen schon Sport getrieben, und es war schon lange Frühstückszeit. Bevor sie aber zum Essen gingen, wollte sie noch unbedingt einen Gedanken oder besser gesagt, eine Frage loswerden. »Wenn Paola die Feder nicht vor die Höhle gehängt hat, wer war es dann?«

Wieder einmal breitete sich Stille in der Küche aus, die von den Fressgeräuschen der Katze unterbrochen wurde. Merle hatte ihren Napf gut gefüllt und sie bediente sich an dem Trockenfutter und zerkaute genüsslich ein Stück nach dem anderen. Merle musste unwillkürlich lächeln. Sie mochte diese zarten Geräusche sehr.

»Hm«, sagte Ricardo nach einer Weile, »ich habe echt keine Ahnung. Könnte es dein Bruder gewesen sein?«

»Miguel?«, fragte Paola. »Könnte sein. Er war gestern Abend sehr kurz angebunden und hat mich früh auf mein Zimmer geschickt. Er sagte, er wolle allein sein.« Paola wiegte den Kopf, dabei löste sich eine Strähne unter der Schirmmütze und fiel ihr vorwitzig ins Gesicht. Ricardo sah es und wunderte sich wieder einmal über den fast schon goldenen Schein ihrer Haare. Ungeduldig steckte Paola die Strähne wieder unter die Mütze. »Ich war so müde, dass ich froh darüber war. Ich bin sofort ins Bett gegangen und habe nichts mehr mitbekommen. Also wenn Miguel das Haus verlassen hätte, hätte ich das ganz sicher nicht mitbekommen.« Diesmal übersetzte Ricardo ihre Sätze und Kyra nickte beifällig.

»Schade, schade«, murmelte Zoe. »Das lässt sich jetzt im Nachhinein wirklich schwer klären.«

In diesem Moment klopfte es an der Tür und Mieke steckte ihren Kopf herein. Wie so oft wirbelten ihre langen, roten Haare wie ein Feuersturm um sie herum. »Was ist denn mit euch los? Kommt ihr nicht zum Frühstück?« Mit einem Blick auf Paola sagte sie: »Es gibt genug für alle. Jedenfalls, wenn ihr euch beeilt.« So schnell sie gekommen war, so schnell war sie auch wieder verschwunden.

»Ach ja, und da wir zurzeit keine Kameras haben, habt ihr heute frei«, tönte es noch. Das hatten sich die Freunde schon gedacht, oder besser gesagt, darauf gehofft. Den Tag würden sie für das Ausarbeiten eines funktionierenden Planes gut gebrauchen können.

Merle schob eine protestierende Blue, die es sich gerade auf ihrem Schoß gemütlich machen wollte, wieder hinunter. »Zoes Magen knurrt mittlerweile wie ein hungriger Wolf. Wir sollten wirklich etwas essen gehen.«

Beim Frühstück geschah etwas absolut Unerwartetes. Tom, Mieke und Dr. Balter waren in ein Gespräch vertieft, und die meisten der anderen Leute hatten sich schon im Camp zerstreut. Francesca war mürrisch und sprach kein Wort. Sie füllte das Buffet wortlos auf und nickte dabei kurz den Freunden, Kyra und Paola zu. Miguel hatte seine Schwester so oft vor dem Camp und den Leuten hier gewarnt, dass diese sich nicht so recht traute, sich etwas zu essen zu nehmen. Schließlich nahm Merle sie an der Hand und zog sie zum Buffet und lud ihr Essen auf den Teller. Mit rotem Gesicht ging Paola mit dem gefüllten Teller wieder zu ihrem Platz. So viele Leckereien auf einmal hatte sie schon lange nicht mehr gesehen. Dabei war Spanien ja bekannt für seine Tapas, den leckeren Kleinigkeiten, die man zu jeder Tageszeit essen konnte. Als Paola sah, mit welchem Appetit die Freunde und auch Kyra das Essen verdrückten, nahm sie ihre Mütze ab und griff beherzt zu ihrer Gabel. Schon nach wenigen Bissen war sie begeistert, denn es schmeckte wirklich fantastisch. Genüsslich aß sie weiter. Als alle fertig waren, räumten sie ihre Teller und das Besteck ab und wollten gerade gehen, schließlich hatten sie noch viel zu besprechen, als Gloria in der Küchentür erschien. Sie trug ein großes Tablett in den Händen und wollte offensichtlich das schmutzige Geschirr holen, um es in der Küche in die riesige Spülmaschine zu räumen. Sie grinste die Freunde und Kyra an und nickte ihnen zu, aber als ihr Blick zu Paola wanderte, erstarrte sie. Ohne ein weiteres Wort drehte sie sich um und verschwand in der Küche. Die Küchentür schlug hinter ihr noch eine Weile hin und her.

»Was hat sie denn?«, wunderte sich Zoe.

»Die kenne ich! Sie war schon öfter bei uns zu Hause und hat mit Miguel gesprochen. Sie ist mir nicht ganz geheuer.« Paola sprach so schnell, dass selbst Kyra leichte Probleme hatte, ihrem Redeschwall zu folgen.

»Wie jetzt?«, fragte Ricardo, als Kyra abbrach.

»Kommt, lasst uns das nicht hier besprechen«, meinte Zoe und schubste die Freunde vor sich her durch die Tür. »Wir gehen zu uns.«

In der Hütte erzählte Paola, was sie wusste und Kyra dolmetschte: »Sie hat mich immer so böse angeschaut, wenn sie mich im Haus getroffen hat, deshalb bin ich ihr lieber aus dem Weg gegangen.« Paola schauderte offensichtlich.

Merle machte das stutzig. Bei ihnen war Gloria doch immer so nett gewesen, konnte das denn sein? Oder erzählte Paola doch irgendwelche Märchengeschichten? Aber warum sollte sie? Außerdem hatte ja auch Gloria äußerst merkwürdig auf das Mädchen reagiert. Das war jedenfalls nicht das Verhalten, das die Küchenfrau sonst an den Tag legte. Irgendwas stimmte hier doch nicht.

Als hätte Zoe ihre Gedanken erraten, meinte sie: »Seltsam, das ist alles mega seltsam.«

Kyra kam mit dem Übersetzen kaum hinterher.

»Das ist echt nicht ganz normal.« Nachdenklich drehte Ricardo die Feder, die immer noch auf dem Küchentisch gelegen hatte, zwischen den Fingern. »Was ist hier bloß los?«

Die Freunde saßen eine Weile ratlos am Tisch. »Wisst ihr was? Ich peil das alles nicht. Da lässt man euch einmal kurz aus den Augen und dann läuft alles durcheinander. Wir schreiben das jetzt mal auf.« Kyra stand energisch auf und holte einen Schreibblock. »So, zack, zack, Karten auf den Tisch. Erst mal alles durcheinander, sortieren können wir später.«

Auch wenn die anderen Kyras herrischen Tonfall nicht besonders toll fanden, waren sie insgeheim froh darüber, dass sie sie aus ihrer Erstarrung gerissen hatte. Fakten, Vermutungen, Spekulationen – sie trugen alles zusammen, und Kyra, die immer wieder zwischen den Sprachen hin und her wechselte, achtete darauf, auch Paola nicht außen vor zu lassen.

Als sie damit fertig waren, stellte Ricardo fest: »Der See ist der Dreh- und Angelpunkt. Wenn wir herausfinden, was mit ihm los ist, sind wir ein ganzes Stück weiter.« Da stimmten ihm die anderen zu, nur Kyra hatte keine Meinung dazu, sie war voll und ganz mit dem Dolmetschen beschäftigt. Ricardo war insgeheim froh, dass er diese Aufgabe los war, denn er hätte nie und nimmer so flüssig dolmetschen können.

Zoe riss ihn aus seinen Gedanken. »Wenn, dann können wir nur heute Nacht in die Höhle gehen. Und wir dürfen keinem davon erzählen, weil wir nicht wissen, ob Miguel uns beobachtet hat, oder ob noch andere da draußen rumlaufen und auf Beobachtungsposten sitzen.«

»Und wir sollten auch keinem im Camp trauen, ihr seht ja, wie das jetzt mit Gloria ist. Wir wissen zwar nichts Genaues, aber astrein ist ihr Verhalten ja wohl nicht.« Ricardo war sich da ganz sicher. Kein Wort zu irgendjemandem.

»Und wer holt die Ausrüstung?«, fragte Merle vorsichtig.

»Ach ja, die Ausrüstung müssen wir ja auch noch irgendwie herbekommen«, murmelte Ricardo.

Nach langem hin und her beschlossen sie, dass Paola jetzt nach Hause gehen und später die Ausrüstung entgegennehmen würde. Zum Glück hatte sie zwei Paar Flossen, Brillen und Schnorchel bei Pablo bestellt, sodass sie zu zweit im See tauchen gehen konnten. Um ein Uhr nachts wollten sich die Freunde dann mit Paola am Eingang des Tunnels treffen.

»Es ist zu gefährlich, wenn ihr bis ins Dorf kommt. Es könnte sein, dass dann einer der vielen Dorfhunde anfängt zu bellen. Und wenn einer bellt, dann bellen alle. Das ist viel zu riskant. Mich kennen die Hunde, das ist kein Problem«, versicherte sie. Vom Tunnel aus wollten sie dann direkt zu der Höhle gehen. Kyra sollte mit Blue in der Hütte bleiben. Zur Not konnte sie Dr. Balter benachrichtigen. Kyra war nicht böse drum, dass sie nicht mitgehen konnte, sie war nicht sehr erpicht auf nächtliche Ausflüge und Tauchgänge. Als alles besprochen war, machte sich Paola wieder auf den Weg in ihr Dorf.

Der restliche Tag zog sich zäh wie Kaugummi in die Länge. Merle besprach mit Tom die Losungen für die nächsten Tage, und Ricardo sah Mieke bei der Reparatur eines Quads über die Schulter. Nebenbei reichte er ihr die gewünschten Werkzeuge. Dabei staunte er immer wieder, wie geschickt sie dabei zur Sache ging. Gefühlvoll zog sie die Schrauben an und hatte auch keine Probleme damit, sich die Hände schmutzig zu machen. Nach einer halben Stunde war der Auspuff repariert und das Knattern hatte ein Ende. Zur Belohnung, weil Ricardo ihr geholfen hatte, fuhr sie mit ihm eine Runde durch die Gegend.

Zoe hingegen verbrachte einen ruhigen Nachmittag mit ihrem Vater, der ausnahmsweise keine Telefontermine hatte. Sie genoss es sehr, ihren Vater einmal ganz für sich allein zu haben. Das kam im Trubel des Camplebens nämlich meistens etwas zu kurz.

Zu Zoes Überraschung hatte Kyra gefragt, ob sie eine Runde mit Blue spazieren gehen könne und sich den Katzenrucksack geschnappt. Sie bräuchte nach der ganzen Dolmetscherei mal ein bisschen frische Luft. Zoe hatte sofort genickt, denn seit dem Abenteuer in Japan ahnte sie, dass Blue ihrer Cousine sehr am Herzen lag. Egal, ob Kyra das nun zeigte oder nicht.

Kyra packte Blue voller Vorfreude in den Rucksack und lief mit ihr los. Zoe hatte ihr eingebläut, die Katze wegen eventueller Fallen im Gebüsch nicht aus dem Rucksack zu holen und daran wollte sie sich auch halten. Damit Blue aber trotzdem etwas bei dem Ausflug sehen konnte, blieb Kyra an manchen Büschen und Sträuchern stehen und zeigte der Katze die Insekten, die um die Blüten herumflogen. Dabei blickte sie sich immer mal wieder um. Es wäre ihr peinlich gewesen, wenn sie jemand dabei gesehen hätte. Kyra hatte nur einen groben Überblick über das Ausmaß des Camps, fand sich aber erstaunlich gut zurecht. Die Pfade und Wege waren eng und schmal und wanden sich teilweise serpentinenartig die Hügel hoch. Bald schon war sie ordentlich am Schnaufen. Immer wieder bestaunte sie die riesigen Felsen, die mit Spiralen, Mäandern, Ovalen und Kreisen übersät waren. Manche waren gut erhalten und deutlich sichtbar, andere wiederum so mit Moos bewachsen, dass sie kaum noch zu erkennen waren. Sicher würden sie bald gesäubert und wieder sichtbar gemacht werden. Jedenfalls hatte sie das den Gesprächen der Mitarbeiter bei den Mahlzeiten entnommen. Kyra stieg immer höher und kam bald an eine Weggabelung. Blue fing an, im Rucksack hin und her zu zappeln, aber Kyra wollte noch nicht umkehren. Das Wetter war so wunderschön und die Wolken schaukelten im Wind. Mit einer Hand schob sie die Katze wieder in den Rucksack zurück, die daraufhin auch prompt grummelnd protestierte. Kyra entschied sich für einen schmalen Pfad, der plötzlich vom Hauptweg abzweigte und den sie fast übersehen hätte. Lianenförmige Pflanzen hingen von einem Felsen bis auf den Boden und überall blühten kleine rosa Blumen. Es sah toll aus. Kyra machte viele Fotos mit ihrem Handy. Der Pfad öffnete sich nach einigen Metern zu einem breiten Feldweg. Beschwingt ging Kyra vorwärts, nur Blue grummelte immer noch vor sich hin.

»Was hast du denn?« Schade, dass die Katze nicht antworten konnte. Ob sie vielleicht mal musste? »Na, soll ich dich nicht doch lieber mal aus dem engen Rucksack holen? Ich bin ja dabei und passe auf dich auf. Aber wehe, du läufst weg!« Nach kurzem Zögern holte sie die Katze aus dem Rucksack und setzte sie vorsichtig auf den Boden. Aber schneller als Kyra gucken konnte, schoss die Katze ins Gebüsch.

»Hey! Was hab ich dir denn gerade …!« Sie stieß einen leisen Schrei aus und rannte hinter Blue her. Aber so sehr sie sich auch bemühte, sie konnte die Katze einfach nirgendwo mehr entdecken. Kyra krabbelte unter die Büsche und Sträucher, aber auch da war nichts zu sehen. Aber zu hören! Kyra legte eine Hand ans Ohr. Wenn das nicht mal verdächtig nach Katzenpfoten klang, die eine Pipipfütze zuscharrten! Tatsächlich, eine irgendwie erleichtert wirkende Blue kam aus dem Busch stolziert. Kyra ging in die Hocke und lockte sie. »Komm meine Süße, komm wieder her.« Doch die Katze dachte gar nicht daran, denn sie hatte tolle Geräusche gehört und wunderbare Gerüche in die Nase bekommen. Auf keinen Fall wollte sie wieder in den engen Rucksack, wo doch hier vor der Nase das pralle Leben auf sie wartete. Viel zu lange hatte sie schon nicht mehr die Hütte verlassen dürfen und richtige Erde unter den Pfoten gespürt.

Als Kyra sie in die Arme schließen wollte, drehte sie ab und lief den Feldweg entlang. Kyra stand auf und sprintete hinterher. »Was soll denn das?«, ächzte sie nach wenigen Metern. Sie hätte nie gedacht, dass Katzen so lange so wahnsinnig schnell laufen konnten. Blue folgte dem Fahrweg und hielt dabei immer ausreichenden Abstand zu Kyra, die ihr entnervt folgte. Sie hoffte, Blue würde irgendwann müde werden und von allein zur Besinnung kommen. Der Weg führte nach kurzer Zeit wieder auf der anderen Seite des Hügels hinab und ehe es sich Kyra versah, war sie in einem kleinen Nebental gelandet. Blue folgte munter von Busch zu Busch hopsend dem Weg und freute sich über die Insekten an den Blüten und den vielen Eidechsen im Laub.

»Na immerhin sehe ich dich noch, du kleines pelziges Monster.« Kyra hatte mittlerweile keine gute Laune mehr, denn ihr stand der Rückweg noch bevor. Gerade als sie dachte, die Katze würde sich fangen lassen, war sie verschwunden. Wie vom Erdboden verschluckt. »Hey Blue, wo bist du denn? Komm wieder zurück!«

Aber die Katze maunzte nicht und gab auch sonst keinen Mucks von sich. Kyra sah sich hektisch um, aber nirgendwo wackelte ein Busch, was auf die Anwesenheit der Katze hindeuten könnte. Langsam stieg Panik in ihr auf, hatte sie nicht hoch und heilig versprochen, die Katze nicht aus dem Rucksack zu lassen? Der Himmel kam Kyra nicht mehr so schön blau vor und die Wolken tanzten auch nicht mehr sachte im Wind. Kyras Herz zog sich vor Angst zusammen. Der Katze würde doch nichts passiert sein?

Ein großer dunkler Felsen kam in ihr Sichtfeld. Haushoch und steil ragte er vor ihr auf. Zeugnis vergangener Zeiten. Unbeugsam und hart stand er vor ihr. Kyra umrundete ihn langsam und war erstaunt, als sie dahinter auf einen offenen Platz gelangte. Kyra ging langsam weiter und entdeckte einige kleinere Felsen und Steine, die wie Wächter in einer Runde standen. In ihrer Mitte erhob sich ein flacher, großer Stein. »Warum der wohl dort steht?«, fragte sich Kyra. Die Steine waren mit braunen Flechten überzogen und sahen verwittert und schon sehr alt aus. Wind kam auf und zerrte an Kyras Pullover. Sie fröstelte und blickte sich weiter um. Die kleine, fast kreisrunde Fläche sah so aus, als wäre sie direkt aus den Felsen geschlagen worden. In jeder Richtung erhoben sich am Rande des Platzes hohe, dunkle Felsen. Der Pfad, der sie hierhergeführt hatte, war eine Sackgasse. »Sehr gemütlich sieht das hier aber nicht aus.«

Ein lautes Rauschen und Klackern ließ sie zusammenzucken. Sie blickte sich hektisch um, konnte aber nichts Auffälliges erkennen. »Das kommt von oben!« Mit einem schnellen Blick hoch in die Felswände, stellte sie fest, dass eine Steinlawine auf dem Weg nach unten war. Im Camp wurde nichts Gutes über diese Lawinen erzählt. Wenn sie das richtig verstanden hatte, waren schon öfter Wanderer in die größte Bedrängnis geraten, weil sie sich nicht rechtzeitig in Sicherheit gebracht hatten. Aber nicht nur vor Lawinen aus Stein hatten sie gewarnt, sondern auch vor solchen aus Schlamm. Diese waren angeblich sogar noch gefährlicher, da sie mit unvorstellbarer Kraft nach unten schossen und dabei alles mitrissen, was nicht fest im Boden verankert war. Auf ihrem Weg ins Tal wurden sie immer größer und größer. Kyra war sich sicher, dass es in diesem Fall nur eine Steinlawine war. Aber auch diese waren wohl richtig gefährlich. Schnell weg hier! Aber was war mit Blue? Würde die Katze sich instinktiv in Sicherheit bringen können? Wenn Blue etwas passierte, würde Zoe ihr das nicht verzeihen können. Schlimmer noch, Kyra würde es sich selbst nicht verzeihen können. Sie sollte auf die Katze aufpassen und hätte sie nicht aus ihrem Rucksack lassen dürfen …

Kyra kam es so vor, als wäre das normale Zeitgefüge aus den Fugen geraten, als würde sich die Zeit nicht länger in das enge Korsett von Sekunden, Minuten und Stunden pressen lassen wollen. Kyras Gedanken rasten und sie versuchte, sich daran zu erinnern, wie man sich bei einer Steinlawine verhalten sollte. Viel Platz zum Ausweichen gab es hier nicht. Der Platz war nicht gerade weitläufig und die Steine schossen vielleicht bis in die Mitte. Wer konnte das schon sagen? Kyra war wie erstarrt und verfolgte die Geröllawine mit ihren Blicken. Aber dann schien ein anderer Teil von ihr die Kontrolle zu übernehmen. Ihre Instinkte erwachten und mit drei gewaltigen Sätzen hechtete Kyra unter einen kleinen Felsbüberhang. Sie presste sich an den Felsen in ihrem Rücken und schloss ihre Augen.

Mit lautem Getöse schossen die Steine über den Felsen und krachten mit rasender Geschwindigkeit auf den Boden. Sie schienen gar kein Ende zu nehmen.

Irgendwann kehrte Ruhe ein und Kyra öffnete wieder ihre Augen. Zuerst konnte sie wegen der enormen Staubentwicklung nichts sehen, aber als der Staub sich langsam auf dem Boden niederließ, fing sie an zu zittern wie Espenlaub. Einige größere Brocken hatten es bis in die Mitte des Platzes geschafft. Zum Glück hatte sie dort keinen Schutz gesucht.

Vorsichtig stieg Kyra über die Steinmasse, die sich vor ihr ausbreitete und ging langsam zu dem flachen Stein hinüber. Sie musste sich auf den Schrecken erstmal setzten. Noch etwas benommen strich sie mit der Hand über die raue Oberfläche des Steines. Dabei blieben ihre Finger an etwas kleben. »Iih, was ist das?« Schnell zog sie ihre Hand zurück. Aber es war zu spät. An ihrer Haut klebte eine rote, zähe Substanz. »Das ist ja voll eklig.« Mit einem Satz sprang Kyra auf und holte ein Taschentuch aus der Jeans. Hektisch rieb sie ihre Hand sauber.

Eine schnelle Bewegung an den Felsen ließ sie herumfahren. »Blue! Da bist du ja!«

Maunzend kam die Katze mit aufgeplustertem Schwanz, der aussah wie eine riesige Flaschenbürste, auf sie zugelaufen und rieb aufgeregt ihren Kopf an Kyras Bein. »Du böse, böse Katze du. Wo warst du denn? Ich habe dich überall gesucht. Zum Glück ist dir nichts passiert.« Kyra streichelte sie voller Erleichterung und hob sie dann hoch. Anstandslos lies Blue sich wieder in den Rucksack stecken. »Nichts wie weg hier.«

Mit schnellen Schritten lief sie auf den riesigen Felsen am Eingang des Platzes zu. Dort angekommen, drehte sie sich noch einmal um und blickte zurück. »Es ist wirklich nicht schön hier«, murmelte sie. Dann ging sie wieder um den Felsen herum und lief eilig den Weg hoch. Auf weitere Entdeckungen hatte sie vorerst keine Lust mehr.

Kyra hätte sich noch viel unwohler gefühlt, wenn sie bemerkt hätte, dass sie die ganze Zeit beobachtet worden war. Und richtig Angst hätte sie bekommen, wenn sie die verstohlenen Schritte gehört hätte, die ihr auf dem Weg zurück ins Camp folgten.

Schneller als gedacht war Kyra wieder an der Hütte angekommen. Etwas außer Atem kramte sie den Schlüssel aus der Hosentasche und schloss die Tür auf. Sie holte Blue aus ihrem Rucksack und füllte ihr frisches Futter in den Napf. Auch das Wasser füllte sie auf. Dann gönnte sich Kyra auf den Schrecken erstmal eine Cola. Seufzend öffnete sie die Flasche und war froh, dass sie die Katze wieder heil zurückgebracht hatte. »Zoe wäre ausgeflippt, das ist mal sicher«, dachte sie. Aber es war ja nochmal alles gut gegangen, und so zog sie ihre Schuhe aus und legte ihre Füße genüsslich auf dem Nachbarstuhl ab.

Nach und nach trudelten die anderen ein. Da es eine lange Nacht werden würde, beschlossen die Freunde, schon früh zum Abendessen zu gehen. Die Leute im Camp waren gut drauf, denn sie freuten sich auf den Tagesauflug am nächsten Tag, den Mieke für alle organisiert hatte. Die Freunde hatten bereits abgemacht, dass sie lieber im Camp bleiben wollten. Sie würden sicher erst spät in der Nacht ins Bett kommen und wollten dann lieber in Ruhe ausschlafen. Je nachdem, was sie im See finden würden, würden sie natürlich auch mit Zoes Vater sprechen.

Kurz nachdem Gloria Paola gesehen hatte, war sie verschwunden und bisher nicht wieder aufgetaucht. Francesca lief mit einem verkniffenen Gesichtsausdruck herum und hatte alle Hände voll zu tun. Merle stand nach dem Essen auf, räumte ihre Sachen ab und ging Richtung Küche.

»Hey, wo gehst du denn hin?«, fragte Ricardo erstaunt.

»Na in die Küche, zum Helfen.« Zoe schnappte sich ihren Teller und marschierte ebenfalls in die Küche.

Kyra blickte Ricardo aufmunternd an. »Nur zu.«

Ricardo schnaubte und folgte den beiden, während Kyra sich noch eine Cola holte und sich wieder häuslich am Tisch niederließ. Als Merle einige Zeit später wieder aus der mit Wasserdampf vernebelten Küche kam, saß Zoes Cousine noch immer seelenruhig am Tisch.

»Hey, du kannst dein Geschirr aber ruhig selber abräumen.« Insgeheim hatte Kyra gehofft, dass dieser Kelch an ihr vorübergehen möge, aber nun kam sie wohl doch nicht drum herum. Seufzend packte sie ihr Besteck auf den Teller und folgte Merle in die Küche. Dort angekommen, wunderte sie sich über die gute Stimmung. Wer hatte denn bitte schön schon Spaß beim Abwaschen? Aber so war es. Das Radio dröhnte, und Kyra wunderte sich insgeheim, dass es bei diesem Dampf überhaupt noch funktionierte. Offensichtlich war das Radio immun gegen Wasser. Gut gelaunt sangen Ricardo und Zoe mit und unglaublich, aber auch Francescas Lippen umspielte ein leises Lächeln. Bisher hatte Kyra sie noch nie lächeln gesehen, und sie war erstaunt, dass sie dazu überhaupt in der Lage war.

Zoe drückte ihr ein Geschirrtuch in die Hand und so machte sich auch Kyra an die Arbeit. Sie hätte es zwar nicht zugegeben, aber die gute Laune in dem engen Raum färbte auf sie ab. Summend schnappte sie sich einen Teller nach dem anderen und bearbeitete ihn mit ihrem Handtuch.

Nach einer Weile blickte sie an die Küchendecke und zuckte zusammen. »Ist das etwa ein Gecko da oben?«

Ricardo folgte mit seinen Augen ihrem ausgestreckten Arm.

»Ja. Stimmt. Das ist einer. Hast du denn in unserer Hütte noch keinen gesehen?«

»Nee, hab ich nicht. Ich bin auch ehrlich gesagt nicht besonders erpicht auf diese kleinen Dinger.«

»Aber das sind doch keine Dinger. Geckos sind total niedliche Tiere!«, protestierte Merle.

»Hm«, war der kurze Kommentar von Kyra.

»Wieso können die eigentlich an der Decke laufen?«, wunderte sich Zoe.

»Ganz einfach«, erklärte Ricardo. »Sie haben an den Zehen kleine Haftlamellen, mit denen kleben sie sich förmlich an Wände und Decken.«

Als Merle daraufhin angestrengt nach oben blickte und sich sogar auf die Zehenspitzen stellte, musste Ricardo lächeln. »Die kann man aber mit dem bloßen Auge nicht sehen.«

»Ach so.« Merle klang etwas enttäuscht, aber Kyra meinte nur: »Ist vielleicht auch besser so.«

Nach getaner Arbeit sprachen die Freunde noch eine Weile mit Dr. Balter, Mieke und Tom.

»Und ihr seid wirklich sicher, dass ihr morgen nicht mitkommen wollt?«, fragte Mieke nicht zum ersten Mal.

Aber die Freunde schüttelten den Kopf. »Wir wollen uns morgen die Gegend anschauen und eine kleine Wanderung machen.«

Tom blickte zu Kyra und fragte: »Und du? Möchtest du mitkommen?«

Kyra erklärte, dass sie sich auf ein wenig Ruhe im Camp sehr freuen würde und deshalb morgen auch lieber zu Hause bleiben würde. Mieke blickte die Freunde neugierig an, und Ricardo versuchte, ein betont entspanntes Gesicht zu machen. Fehlte gerade noch, dass Mieke Verdacht schöpfte. Schon in Japan hatte sie einen siebten Sinn entwickelt und gespürt, dass die Freunde in ein heimliches Abenteuer verwickelt waren. Das wollte er diesmal absolut vermeiden.

Auch Zoe lächelte und erzählte von den schönen Pflanzen, die sie hoffte, morgen zu sehen. Aber Mieke ließ sich nicht so leicht täuschen. »Irgendetwas ist doch mit euch«, stellte sie leise fest. Nachdenklich zwirbelte sie eine lose Haarsträhne zwischen ihren Fingern.

Aber im nächsten Moment riss Dr. Balter sie aus ihren Gedanken. »Habt ihr euch schon überlegt, wo wir morgen essen gehen werden?«

Sofort war Mieke abgelenkt und diskutierte mit Tom und Zoes Vater über die Vor- und Nachteile einzelner Restaurants.

Zoe musste grinsen, da hatte ihr Vater ihnen ja, ohne es zu wissen, aus der Patsche geholfen. Auch Ricardo und Merle atmeten erleichtert auf.

Kyra hatte von allem nichts mitbekommen, denn sie hatte an ihre Eltern gedacht und sich gefragt, was sie wohl gerade machten. Was konnte man denn überhaupt in einem Hotel in Nevada unternehmen?

Sie wünschte sich sehr, bei den Urlauben ihrer Eltern öfter dabei sein zu können. Sie seufzte so laut, dass Merle sie erstaunt anblickte.

»Ist was?«

Aber Kyra winkte ab. Auf keinen Fall wollte sie ihre trüben Gedanken offenlegen. Jedenfalls definitiv nicht vor dem *Team Blue*. Affiger Name. Aber irgendwie war sie jetzt doch auch selbst Teil dieses Teams, oder nicht? Ein bisschen jedenfalls. Wollte sie das denn überhaupt?

Kyra beschloss, diese Gedanken erstmal zu verschieben. Sie stand auf und holte sich eine neue Cola aus dem überdimensionalen Kühlschrank, der von oben bis unten mit Fotos von La Palma vollgeklebt war. Bisher hatte sie noch gar nicht weiter darauf geachtet, aber nun stellte sie fest, dass einige wunderschöne Bilder dabei waren. Nachdenklich betrachtete sie die vielen Fotos. Es schien, als hätte das gesamte Team private Fotos angebracht. Es gab welche von Bootsausflügen, die von Delfinen begleitet wurden, Unterwasserbilder von Tauchstunden, von Schnee auf einem Berg und …

Plötzlich stutzte Kyra. Das gab es doch nicht. Sie betrachtete sich das Foto genauer. Aber es gab keinen Zweifel: Es war eine Höhle mit einem See in der Mitte. Sein Wasser leuchtete im Schein der Taschenlampen türkis. Sie drehte sich zu den Freunden um und wollte schon Zoe zu sich rufen, als sie die neugierigen Blicke von Mieke bemerkte. Deshalb verzichtete sie lieber darauf. Sie wollte keine schlafenden Hunde wecken. Und Mieke sah auch nicht wirklich schlafend aus, sondern irgendwie eher misstrauisch und äußerst aufmerksam. Als würde sie die Dinge, die nicht gesagt wurden, ebenso gut verstehen, wie die, die tatsächlich ausgesprochen wurden. Kyra schüttelte sich, das war schon ein ziemlich abgefahrener Gedanke.

Kyra öffnete ihre Cola und warf den Deckel in den silbernen Tretmülleimer. Resolut setzte sie sich wieder auf ihren Platz und lächelte Mieke an. Dann merkte sie, dass das vielleicht doch nicht die beste Taktik war, denn Mieke blickte mittlerweile irritiert von einem zum anderen. So oft wurde sie sonst nie von ihnen angelächelt, und schon gar nicht von Kyra.

Mieke war sich sicher, dass die Freunde wieder irgendetwas ausbrüteten. Sie wusste nur nicht was. Mit einem Seufzen widmete sie sich wieder dem Gespräch mit Tom und Zoes Vater. Sie hoffte innig, dass die Freunde auf sich aufpassen und nicht wieder in Schwierigkeiten geraten würden.

Kurz darauf verabschiedeten sich die Freunde und marschierten wieder in ihre Hütte. Kyra brannte darauf, von dem See zu erzählen. Aufmerksam hörten die drei zu, und als Kyra geendet hatte, fragte Ricardo.

»Ob das unser See war?« Ratlos blickte er in die Runde.

»Das würde ja bedeuten, dass auch andere diese Höhle kennen«, überlegte Merle.

»Stimmt Merle, du hast recht. Der See muss einigen Menschen bekannt sein.«

»Aber er ist trotzdem nicht so bekannt, dass er es in den Reiseführer geschafft hätte.« Ricardo rieb sich nachdenklich an der Nase.

»Egal. Irgendjemand hat etwas in dem See versteckt und heute Nacht werden wir herausfinden, was es ist«, war sich Zoe sicher.

Die Dunkelheit senkte sich quälend langsam über das Camp und verzauberte die Landschaft nach und nach in eine Schattenwelt. Die Freunde und Kyra sprachen ihr nächtliches Vorhaben nochmal genau durch und beschlossen dann, sich schlafen zu legen.

Als Kyra schon fast eingeschlafen war, fiel ihr ein, dass sie gar nichts von dem komischen Platz mit den Felsen erzählt hatte. Aber na ja, das war vielleicht auch besser so, sonst hätte sich Zoe sicher aufgeregt. Also drehte sie sich auf die Seite und war im Nu eingeschlummert.

Als um halb eins in der Nacht die Handys klingelten, saßen alle vier hellwach im Bett. Schnell stellten sie den Ton aus und streckten sich. Kyra war froh, dass sie nicht mitgehen musste, sondern gemütlich in ihrem Bett bleiben konnte. Aber manchmal freute man sich auch zu früh.

Die drei Freunde schnappten sich ihre Rucksäcke, die sie schon am frühen Nachmittag gepackt hatten. Darin fanden sich Taschenlampen und Badezeug, inklusive Handtücher.

»Du weißt, was du zu tun hast, wenn wir bis um sechs nicht wieder zurück sind?«, fragte Zoe ihre Cousine nochmal sicherheitshalber.

Kyra stand mit Blue auf dem Arm im Flur und murrte: »Ich bin doch nicht blöd. Wenn ihr um sechs nicht zurück seid, alarmiere ich Onkel Gregor.« Sie gähnte herzhaft und Zoe war sich in diesem Augenblick nicht so sicher, ob es wirklich die beste Idee war, Kyra als Backup, als Sicherheit zu haben. Was, wenn sie ihren Wecker überhörte und weiterschlief? Ihnen blieb bloß nichts anderes übrig, wenn sie nicht einen Erwachsenen ins Vertrauen ziehen wollten. Und das kam zum jetzigen Zeitpunkt überhaupt nicht infrage. Ihr Vater oder auch Tom und Mieke würden ihnen gehörig einen Strich durch die Rechnung machen. Wahrscheinlich würden sie die ganze Sache nicht mal ernst genug nehmen, um den See zu überprüfen. Ganz sicher würden sie ihnen auch verbieten, sich dort in der Höhle nochmal umzusehen. Nein, sie mussten erstmal alleine dort nachsehen. Und dank Paola hatten sie ja auch eine gute Ausrüstung. Da konnte doch gar nichts schiefgehen, oder?

KAPITEL 8

DAS GEHEIMNIS IM SEE

Kyra verschloss hinter den Freunden die Haustür und hängte den Schlüssel an den Haken neben der Tür. Da ihr kalt war, zog sie sich ihren Jogginganzug über ihr Schlafhemd. »Schön kuschelig.«

Dann marschierte sie wieder in ihr Bett und Blue beschloss, ihr dort Gesellschaft zu leisten. Schon bald waren regelmäßige Atemgeräusche aus dem Zimmer zu hören. Etwas lautere und ganz zarte leisere.

Wie lautlose Schatten schlichen die drei Freunde durch das Camp. Sie bemühten sich nach Kräften, keinen Lärm zu machen, was ihnen zuerst auch sehr gut gelang, bis Merle über einen Stein stolperte und mit einem kleinen Aufschrei der Länge nach in den Sand fiel.

»Psst«, kam es gleichzeitig von Zoe und Ricardo.

Merle setzte sich langsam auf und klopfte sich den Sand von der Hose. »Ihr seid ja tolle Freunde«, ächzte sie. »Ich liege im Sand, und das einzige, was euch einfällt, ist ›Psst.‹«

»Schon gut, schon gut«, kam es von Zoe. »Hast du dir wehgetan?«

Aber Merle zog es vor, auf diese verspätete Nachfrage nicht zu antworten.

»Kommt jetzt«, meinte Ricardo, der sich die ganze Zeit nervös umblickte. »Wir müssen weiter, wir wollen doch pünktlich bei Paola sein.«

Die Dunkelheit bot zwar gute Deckung, um unentdeckt durch das Camp zu schleichen, aber da sie es nicht wagten, die Taschenlampen zu benutzen, kamen sie auch nur langsam vorwärts. Trotzdem kamen sie pünktlich zur verabredeten Zeit am Tunnel an. Dort löste sich ein Schatten aus dem Hintergrund, und im Licht der Lampen sahen die Freunde Paola auf sie zukommen. Sie trug einen großen Rucksack, aus dem rechts und links die Flossen ragten. Ricardo streckte ihr seine Hände entgegen und meinte: »Komm, wir packen die Sachen um, damit du nicht alles alleine tragen musst.« Das taten sie dann auch. »Hat alles gut geklappt?«, wollte Ricardo wissen, während Paola ein Flossenpaar in ihren engen Rucksack stopfte. »Si, si.«

Schnaufend kamen sie kurze Zeit später am Eingang der Höhle an. Ricardo drehte sich um, kletterte den Felsen hoch, half Merle und Paola und verschwand dann wortlos in der dunklen Höhlenöffnung. Das Licht seiner Lampe verlor sich in der Tiefe der Dunkelheit.

»Hallo?«, rief Zoe ihm hinterher, während sie behände wie eine Katze hochkletterte. »Der kann doch nicht einfach so verschwinden. Wir müssen uns doch absprechen, wie wir jetzt weitermachen …«

»Na, so schwer ist das doch nicht«, tönte es seltsam hohl aus der Höhle. »Der See ist das Ziel und dort tauchen wir zu dem Päckchen. Falls es überhaupt noch dort ist. Vielleicht ist es ja auch schon abgeholt worden.« Kurze Stille folgte. »Oder habt ihr andere Vorschläge?«

Zoe packte die Gurte ihres Rucksacks. »Nee, schon gut. Geh vor, wir folgen dir.«

Ein leises Glucksen kam aus der Höhle.

»Bilde dir bloß nichts darauf ein. Und jetzt geh endlich.«

»Wie Sie wünschen.«

Zoe folgte ihm schnaubend, während Merle leise vor sich hinkicherte. Paola hatte nichts verstanden und lief automatisch Merle hinterher.

»Wahnsinn.« Merle blickte sich erstaunt um. So groß hatte sie die Höhle gar nicht in Erinnerung. Als sie beim See ankamen, stand Paola mit großen Augen davor.

»Estupendo.«

»Was sagt sie?«, fragte Zoe.

»Na, dass es großartig ist. Sicher meint sie den See damit. Und das ist er ja auch.«

»Was?«

»Na, großartig.«

Durch das helle Licht der vier Taschenlampen glitzerte das Wasser noch intensiver.

»Wow!« Merle beugte sich über die felsige Kante. »Aber ich kann den Boden auch in dem hellen Licht nicht sehen.«

Ricardo erwiderte ohne nachzudenken: »Dann muss es ganz schön tief sein.«

»Wo ist denn nun das Ding«, fragte Paola Ricardo.

»Das ist die Frage.« Ricardo blickte sich aufmerksam um. »Da vorne ist es! Ein Paket. Seht doch!«

Tatsächlich, im türkisfarbenen Wasser schwebte einige Meter unter der Oberfläche ein großes weißes Paket.

»Wer holt es raus?« Merles Frage hallte an den Wänden der Höhle wider. Paola blickte fragend zu Ricardo, der dann übersetzte. Paola zögerte nicht lange, zog sich den Rucksack von den Schultern und fing an, ihre Ausrüstung herauszukramen. Dabei erklärte sie, dass sie schon öfter Schnorcheln war und es für sie überhaupt kein Problem sei.

»Paola war schon öfter Schnorcheln. Sie und ich werden tauchen.« Zoe blickte Ricardo skeptisch an.

»Bist du sicher?« Ricardo nickte. Auch er war schon öfter im Urlaub Schnorcheln gewesen und kannte sich damit aus. Zügig zog er sich bis auf die Badehose aus und zog die Schnorchelbrille mit dem angeklickten Schnorchel über den Kopf. Die Flossen nahm er in die Hand und kletterte auf den felsigen Rand des Sees. Paola folgte ihm. Zum Glück war es in der Höhle so warm, dass sie nicht froren. Paola blickte konzentriert ins Wasser und schätzte die Tiefe ab. Dann zeigte sie auf eine kleine Felskante, die gut einen Meter unter der Wasseroberfläche lag. Ricardo folgte ihrem ausgestreckten Finger und verstand, was sie ihm sagen wollte. Von dort konnten sie ins Wasser gehen.

Er zog sich die Flossen an und ließ sich dann auf das Felsenband unter ihm gleiten. Hier hatte er einen guten Stand und konnte sich in Ruhe die Brille über Mund und Nase ziehen. Paola tat es ihm gleich und bevor Ricardo sich mit ihr abstimmen konnte, ließ sie sich vorsichtig ins Wasser gleiten und schwamm zu der Stelle, unter der das Paket, wie von Geisterhand gehalten, schwebte. Sie hielt den Blick fest nach unten gerichtet.

»Na, da ist aber jemand ziemlich langsam, was?«, stichelte Zoe. Mit einem leisen Knurren tauchte Ricardo ins Wasser. Merles Kichern konnte er nicht mehr hören. Um alles besser beobachten zu können, knieten sich die beiden direkt ans Wasser.

»Glaubst du, sie können es hochholen?« Merle war sich da nämlich nicht mehr ganz so sicher. Es schien ihr, als wäre es dort unten sehr gut befestigt worden.

»Das wird schon«, beruhigte Zoe sie. »Ricardo ist ja nicht auf den Kopf gefallen, und Paola erscheint mir auch ganz pfiffig zu sein.«

Aufgeregt folgten sie den beiden mit ihren Blicken. In diesem Augenblick holten Ricardo und Paola Luft und tauchten in die Tiefe. Merle fand es lustig, wie zum Schluss für einen kurzen Augenblick die Flossen aus dem Wasser ragten.

»Es scheint doch nicht so tief zu sein«, murmelte Zoe. Deutlich konnten sie sehen, wie sich Ricardo an dem Paket zu schaffen machte. Auch Paola zerrte daran. Doch es löste sich nicht. Mit einigen kräftigen Flossenschlägen kamen sie wieder an die Oberfläche, pusteten das Wasser aus den Schnorcheln und holten tief Luft. Ricardo zog sich die Maske vom Gesicht und paddelte auf der Stelle.

»Es ist mit einem Seil an einem im Felsen verankerten Metallring gesichert. Wir bekommen es nicht los.« Zoe griff wortlos hinter sich und zerrte den Rucksack zu sich her. Eine Weile kramte sie darin herum und hielt dann ein großes Küchenmesser in der Hand.

»Da, nimm.« Vorsichtig hielt sie es ihm mit dem Griff entgegen.

»Du denkst aber auch an alles.« Ricardo schwamm zu Zoe, zog sich die Maske wieder über und griff sich dann das Messer. Mit dem großen Messer in der Hand zu Paola zu schwimmen, war gar nicht so einfach. Auf Kommando tauchte er mit Paola wieder hinunter. Auch von ihrem Beobachtungsposten aus konnte Zoe sehr gut erkennen, dass Ricardo sich mit Schwung an die Arbeit machte und an dem Seil herumsäbelte.

»Hoffentlich schneidet er sich nicht«, murmelte sie.

»Ach, der passt schon auf.« Merle blickte ebenso gespannt zu den beiden Schnorchlern wie Zoe. »Ist das unser großes Brotmesser aus der Küche?«

»Ja, genau.«

Merle wunderte sich nicht zum ersten Mal, wie umsichtig Zoe oft vorging. Es schien, als würde sie immer alle Eventualitäten mit einplanen. In diesem Moment sprang die Freundin auf und deutete aufs Wasser. »Er hat es geschafft. Guck mal, das Seil ist durch!«

Auch Merle stand auf. »Müssten die nicht mal wieder nach oben kommen? Denen müsste doch langsam die Puste ausgehen!«

Aber ihre Sorge war unbegründet. Mit leisem Plätschern erschienen beide an der Oberfläche.

»Wir haben es gleich«, rief Ricardo.« Diesmal kam Paola zu den Mädchen geschwommen und reichte Zoe das Messer, während Ricardo das Paket an einem Seilende festhielt. Es schien noch irgendwo da unten festzuhängen. Dann schwamm Paola zurück und gemeinsam mit Ricardo tauchte sie wieder unter.

»Wie elegant das aussieht.« Merles Stimme hatte einen sehnsüchtigen Klang.

Zoe sah sie erstaunt an. »Warum schnorchelst du nicht, wenn du es so toll findest?«

»Na ja, etwas schön finden und dann auch zu machen, sind ja zwei unterschiedliche Dinge.«

»Finde ich nicht.« Zoe blickte wieder auf den See. »Lass es uns doch mal probieren. Die Küste von La Palma ist felsig. Ein ideales Revier zum Schnorcheln.«

Merle zog die Schultern hoch. »Ich weiß nicht.«

»Aber ich! Wir fragen einfach Mieke. Sie ist doch Superwoman und total sportlich. Sicher weiß sie, wo man hier gut Schnorcheln kann.«

»Mal sehen.«

»Wahnsinn«, rief Zoe plötzlich. Luftblasen stiegen an die Wasseroberfläche, und sie konnten deutlich sehen, dass Ricardo mit einem kräftigen Ruck das restliche Seil löste und Paola nach dem Paket griff.

»Yes, sie haben es.« Zoe grinste übers ganze Gesicht.

Mit ungelenken Schwimmbewegungen kamen Ricardo und Paola wieder ans Ufer zurück. Zwischen sich hielten sie das Päckchen. Es war mit weißer Folie umwickelt und größer, als Merle gedacht hatte. »Wow, das nenne ich mal ein Paket.«

Vorsichtig setzten die beiden das Folienpaket auf dem Felssims ab. Ricardo zog sich die Brille vom Kopf und fragte: »Hältst du mal?«

Paola nickte. Schnell zog sich Ricardo auch seine Flossen aus. Merle streckte ihm die Hände hin und nahm alles entgegen. Zoe hing schon halb im Wasser und konnte es gar nicht abwarten. Sie wollte unbedingt wissen, was dort im See versteckt worden war. Mit Schwung hievte Ricardo das geheimnisvolle Paket auf den sandigen Boden der Höhle. Dann kletterten er und Paola aus dem Wasser.

»Was da wohl drin ist?«, fragte Merle.

»Jedenfalls nichts Gutes«, war die lapidare Antwort von Zoe.

»Wie meinst du das?« Merle blickte sie fragend an.

»Na ja, was ist denn so wichtig oder geheim, dass es in einer abgelegenen Höhle unter Wasser gelagert werden muss?«

»Stimmt.«

»Bevor wir es öffnen und nachsehen, zieht ihr euch besser trockene Sachen an.« Zoe war nämlich nicht entgangen, dass Paola mittlerweile mit den Zähnen klapperte.

»Gute Idee, eine richtig gute Idee.« Ricardo übersetzte, schnappte sich seinen Rucksack und zog sich hinter einen kleinen Felsen zurück. Und auch Paola verschwand für einen Moment in der anderen Richtung. Für kurze Zeit war nur das Rascheln der Rucksäcke zu hören, dann erschienen beide wieder bei Merle und Zoe.

»Wow, ich denke, das war Rekordzeit.«

Doch Ricardo hatte keine Geduld für Zoes Witzeleien. »Mach hier keine Witze, sondern mach lieber mal das Päckchen auf. Ich möchte endlich wissen, was da drin ist.«

»Schon gut, schon gut.« Zoe griff nach dem Messer und schnitt die Folie vorsichtig auf. Die drei anderen quetschten sich um Zoe. Alle waren unglaublich gespannt auf den Inhalt. Zoe hatte mittlerweile eine Folie abgelöst, aber darunter erschien eine weitere.

»Meine Güte, das ist aber jetzt echt spannend.« Merle war ganz kribbelig vor Aufregung. Nach der dritten Schicht kam eine durchsichtige Hülle zum Vorschein. Zoe hielt es hoch.

»Da ist was drin.«

»Ja!« Ricardo nickte heftig. »Ein weißes Pulver.«

»Ist das … Kokain?«, fragte Merle.

»Jedenfalls kein Traubenzucker, das steht mal fest.« Ricardo nahm Zoe das Päckchen ab und betrachtete es genauer.

»Wollen wir es nicht aufmachen?«, wollte Merle wissen.

»Besser nicht.« Ricardo schüttelte den Kopf.

Paola fragte etwas auf Spanisch und Ricardo übersetzte. »Sie denkt, dass es Drogen sind. Kokain oder Schlimmeres.«

»Wenn das wirklich Drogen sind, dann wurden sie von Dealern hier versteckt …«, überlegte Zoe. »Und dann ist es echt besser, wenn wir so schnell wie möglich von hier verschwinden und meinem Vater alles erzählen.« Ricardo glaubte auch, dass es sich um Drogen handeln musste, und mit Drogendealern war sicher nicht zu spaßen.

»Kommt, wir machen uns auf den Rückweg«, sagte er bestimmt und fing an, die Folie einzusammeln und in seinen Rucksack zu stopfen. Zoe packte das Messer ein, Paola schulterte ihren Rucksack und auch Merle stand auf. Alle waren von einer inneren Unruhe erfasst worden. Hektisch machten sie sich auf den Rückweg. Schnell ließen sie den See hinter sich. Als der Höhleneingang sich undeutlich vor dem Sternenhimmel abzeichnete, atmete Ricardo erleichtert auf. Jetzt würde es nicht mehr lange dauern, bis sie das Camp erreichten. Zoe trat als erste durch die enge Öffnung, Ricardo übernahm die Nachhut.

»Wie schön, der Mond ist aufgegangen, nun sind wir noch schneller zurück. Das ist super.«

Bevor Zoe darauf antworten konnte, wurde sie heftig am Arm gepackt. Laut schrie sie auf. Ricardo wollte sich schon an Merle und Paola auf dem engen Pfad vorbeiquetschen und Zoe zu Hilfe eilen, als auch er von starken Händen gepackt wurde. Merle und Paola erging es nicht anders. Beide schrien wie am Spieß.

»Silencio!«, rief eine raue Männerstimme. Aber selbst wenn Merle das Wort verstanden hätte, hätte sie nicht mit dem Schreien aufhören können. Zu tief saß der Schock. Eine Hand legte sich grob über ihren Mund. Paola hörte plötzlich auf zu Schreien. Sie drehte sich fassungslos zu dem jungen Mann um, der sie fest im Griff hielt.

»Miguel?«

»Paola!«

Für einen kurzen Moment schöpfte Ricardo Hoffnung. Miguel? Hieß so nicht der Bruder von Paola? Es war also alles ein Missverständnis. Aber warum lockerte der fremde Mann, der hinter ihm stand, seinen Griff nicht? Paola ließ einen lauten Wortschwall los, und Miguel antwortete nicht minder aufgeregt. Sie sprachen so schnell, dass Ricardo dem Wortgefecht beim besten Willen nicht folgen konnte, so sehr er sich auch bemühte.

Während die beiden mit Worten auf einander losgingen, wurden die Freunde und Paola weitergeschoben. Widerstand war zwecklos. Auch Zoe und Merle hatten ihre Probleme.

»Aua«, jammerte Merle. »Das tut weh. Was wollen die bloß von uns? Und was hat der Bruder von Paola damit zu tun? Er ist es doch, oder?«

Also war auch Merle der Name aufgefallen. »Ja, i-ich denke, d-das ist er. Und w- was sie von uns w-wollen? D-das ist ja e-eigentlich klar.«

»Hast recht«, murmelte Zoe. »Wir haben ihr Versteck gefunden. Paolas Bruder gehört dazu.«

»G-genau.« Ricardo schüttelte sich. »Wir sind ihnen a-auf die Schliche gekommen und d-das finden sie m-mit Sicherheit

ü-überhaupt n-nicht witzig. I-im Gegenteil.«

»Aber wo wollen die denn nun mit uns hin?« Merle klang verzweifelt, und Ricardo konnte es ihr nicht verdenken. Nach dem

Abenteuer in Japan wollten sie doch nur ihre Ferien hier verbringen. Einen schönen und geruhsamen Urlaub, ohne Aufregungen. Davon hatten sie doch genug gehabt und sicher legte besonders Merle keinen gesteigerten Wert auf eine Wiederholung.

»Ich weiß es nicht.« Mehr fiel ihm im Augenblick nämlich auch nicht ein.

Der Mond leuchtete den Pfad vor ihnen aus. Trotzdem wäre Ricardo schon mehrmals fast gestolpert, wenn der Mann hinter ihm ihn nicht festgehalten hätte.

Paola und Miguel sprachen immer noch lautstark miteinander. Sie mussten doch meilenweit zu hören sein. Irgendjemand vom Camp *musste* sie doch hören! An einer Weggabelung bogen sie nach rechts ab. Ricardo wunderte sich, denn an dieser Stelle waren sie schon mehrmals vorbeigekommen, aber er hatte nie bemerkt, dass sich der Pfad dort teilte.

Merle schien dieselben Gedanken zu haben. »Der kann ja nicht über Nacht dort gewachsen sein.«

»Ne«, sagte Zoe grimmig. »Der war bisher gut getarnt. Sonst wäre der uns ganz sicher aufgefallen.«

Ricardo nickte zerstreut zu Zoes Worten. Seine Gedanken drehten sich in seinem Kopf. Was wurde hier gespielt? Waren sie wirklich in das Netz von Drogenschmugglern oder Dealern geraten? Und wenn ja, was hatte der Bruder von Paola dann damit zu tun? Der würde doch nicht seine Schwester ins Unglück laufen lassen oder verraten! Was für ein Schlamassel. Aber da kam ihm Kyra in den Sinn. Sobald die Sonne aufging und sie feststellte, dass sie mit Blue allein in der Hütte war, würde sie Alarm schlagen und Dr. Balter rufen. Auch in Japan hatte sie im entscheidenden Moment Hilfe geholt. Trotz dieser beruhigenden Gedanken, fühlte sich Ricardo nicht wohl in seiner Haut. Drogenschmuggler waren nicht gerade für ihre Sanftheit bekannt. Im Gegenteil. Irgendwie hatten sie echt ein Händchen für abgefahrene Situationen.

Er war so in seine Gedanken vertieft, dass er erst nach einer Weile merkte, dass es bis auf die Geräusche ihrer Schritte sehr ruhig geworden war. »Paola, was ist hier los? Was machen die mit uns?«

Paola konnte sich nicht zu Ricardo umdrehen, da ihr Bruder sie unsanft vor sich herschob und sie an ihrem Rucksack festhielt. »Es sind Drogen, mein Bruder will es zwar nicht zugeben, aber das ist doch sowas von klar.« Sie schnaubte laut, als ihr Bruder sie am Rucksack hin und her schüttelte, redete aber schnell weiter. »Sie bringen uns zu seinem Boss, der entscheidet dann, wie es weitergeht.«

In Ricardos Kopf überschlugen sich die Gedanken, und sein Magen krampfte sich zusammen. Das durfte nicht sein, sie durften auf keinen Fall einen Blick auf den Drogenboss werfen. Das konnte ganz sicher nicht gut ausgehen. Wie konnte er die Mädchen und sich aus der Gefahrenzone schaffen?

»Was hat sie gesagt?«, fragte Zoe.

»Ähm, sie weiß auch nicht so genau, was hier los ist.«

Zoe schüttelte den Kopf. »Quatsch ...«

Aber da wurde sie unterbrochen. Miguel quetschte sich mit Paola an einem Felsen vorbei, der sich mitten auf dem Weg auftürmte. Als auch Zoe den Felsen passiert hatte, blickte sie sich hektisch um.

»Weißt du, wo wir sind?« Ricardo schüttelte den Kopf.

Die Freunde und Paola blickten auf den Platz, der sich im Mondlicht vor ihnen ausbreitete. An den Steinen, die in einem Kreis standen, waren Fackeln angebracht. Die Szenerie wurde durch ihr flackerndes Licht notdürftig erhellt. Der Wind trieb den Rauch vor sich her und helle Funken stoben umher.

»Hier waren wir noch nie.« Da war sich Zoe sicher.

Auch Ricardo kam dieser Ort nicht bekannt vor. Aber das war ja klar. Der Beginn des Pfades war so gut versteckt gewesen, sie hatten den einfach immer übersehen. Und wenn er sich so umschaute, schien dieser Ort auch nur diesen einen Zugang zu haben. Dr. Balter hätte ihnen das hier doch sicher gezeigt, wenn er davon gewusst hätte.

»Was hat Zoes Vater nochmal über diese besonderen Plätze der Altkanarier erzählt?«, fragte Merle flüsternd und wies mit dem Kinn zu der Mitte des Platzes.

»Er hat von den Opferplätzen mit einem flachen, länglichen Stein in der Mitte erzählt«, antwortete Ricardo automatisch.

»Oh!«

Mehr fiel Ricardo nicht ein, denn in diesem Moment begriff er, was diesen Ort so anders und irgendwie unheimlich aussehen ließ. Der Stein in der Mitte.

KAPITEL 9

BLUE IN GEFAHR

Ricardo fragte sich, wie weit sie wohl vom Camp entfernt waren. Ob es Sinn ergab, um Hilfe zu rufen? Anderseits wusste er aus Erfahrung, dass sich die Pfade tief in die Felslandschaft zogen und es eher unwahrscheinlich war, dass sie jemand hören würde. Aber sollte man nicht immer alles versuchen?

Er wollte gerade tief Luft holen, als Zoe neben ihm zu kreischen anfing. Seine Nackenhaare stellten sich auf und eine heftige Gänsehaut zog sich über seinen ganzen Körper. So hatte er Zoe noch nie schreien hören.

»Blue!«

»W-was, w-wie?« Ricardo versuchte, sich aus der Umklammerung zu befreien, hatte aber keine Chance. Aus den Augenwinkeln sah er, dass Zoe wie eine Wildkatze kämpfte. Und tatsächlich, mit einem Aufschrei ließ der Mann von ihr ab und hielt sich den Arm. Ob sie ihn gebissen hatte?

Auch Merle ließ nichts unversucht, um sich aus dem Griff ihres Peinigers zu befreien. Sie hatte nämlich gesehen, was ihre Freundin so in Panik versetzt hatte. Blue! Die Katze lag auf dem großen Stein in der Mitte des Platzes. Das Mondlicht hatte ihren Pelz aufleuchten lassen. Sie rührte sich nicht.

Zoe rannte, wie sie noch nie in ihrem Leben gerannt war. Fast wäre sie über einen Stein gestolpert. Da vorne lag ihre Katze, sie musste zu ihr! Unbedingt!

Nun sah auch Ricardo, weshalb Zoe so außer sich war. Wie konnte das sein? Wie kam Blue hierher? Und noch viel wichtiger: Was hatten diese fiesen Typen mit ihr vor?

Die Männer, die um den Felsen herumstanden, nahm Zoe in ihrer Aufregung gar nicht war. Kurz bevor sie bei Blue ankam, trat einer von ihnen ihr in den Weg und fing sie mit kräftigen Armen ab.

»Hola!

Zoe schlug um sich, aber als ein zweiter Mann dazu kam und sie festhielt, hatte sie keine Chance mehr.

»Blue, Blue!«

Aber ihre Katze, die sonst auf Zoes Ruf immer mit einem kräftigen Maunzen reagierte, antwortete nicht.

»Was habt ihr mit ihr gemacht?«, brüllte Zoe.

Das war zu viel für Merle. Sie musste ihrer Freundin helfen. Sie trat dem Mann, der sie festhielt, kräftig gegen das Schienbein.

Ricardo, der alles wie in Zeitlupe wahrnahm, blickte mit großen Augen auf Merle, die sich losriss und wie eine Sprinterin zu Zoe rannte. Sie schien förmlich zu fliegen. Wow!

Ricardo wollte ebenfalls einen neuen Befreiungsversuch starten, als er mit den Worten: »Vamos!« zu den anderen geschoben wurde.

Paola war mittlerweile verstummt und blickte sich hektisch um. Ihre Augen sprachen Bände. Im flackernden Licht der Fackeln konnte Ricardo ihre Angst sehen und sein Magen zog sich zusammen.

»W-was ist das hier, w-wo haben die u-uns hingebracht? Und w-was hat dein Bruder damit zu t-tun?«

»Klappe!«, rief einer der Männer auf Spanisch, und nicht nur Merle zuckte zusammen. Auch sie war nicht weit gekommen und stand direkt neben Zoe. Muskulöse Arme hielten sie fest. Wo waren sie hier nur hineingeraten? Und wieso waren sie nicht einfach zu Hause geblieben oder hatten zumindest Mieke oder Zoes Vater Bescheid gesagt? Aber ihr war klar, dass die Erwachsenen sie gar nicht erst in die Höhle gelassen hätten, und das aus gutem Grund. Merle ließ den Kopf hängen. Zoe hingegen kämpfte noch immer.

»Lasst mich zu meiner Katze.«

Paola blickte trotzig ihren Bruder an und erzählte in kurzen Sätzen, was hier vor sich ging. »Miguel arbeitet für einen Drogenring.«

»W-wie bitte?«

Schnell übersetzte Ricardo für Zoe und Merle.

»Ja, aber er versteckt nur die Drogen, er ist kein Dealer.«

»Wer's glaubt …«, schnaubte Ricardo.

»Und was soll der ganze Zirkus hier nun? Was haben die mit uns vor? Immerhin ist er ja dein Bruder.« Ricardo verstand immer noch nicht, warum Miguel seine eigene Schwester gefangen hielt.

In diesem Moment kämpfte sich Zoe wieder frei, stürzte zu ihrer Katze und nahm sie auf den Arm. Sofort rannte der Mann hinter ihr her und wollte schon nach ihr greifen, als Miguel etwas rief. Der Mann grunzte zur Antwort und packte Zoe wieder, beließ Blue aber auf ihrem Arm.

Die Katze hing schlaff in Zoes Armen und rührte sich nicht. Sie schien überhaupt keine Körperspannung mehr zu haben.

»Was ist mit ihr?«, fragte Merle ängstlich. Zoe schüttelte den Kopf.

»Ich weiß es nicht. Ich glaub, diese fiesen Typen haben ihr ein Schlafmittel gegeben.«

Ricardo versuchte, näher an Zoe heranzukommen, aber der Griff um seine Arme verstärkte sich sogar noch. Miguel sah nicht glücklich aus und ging aufgeregt auf und ab. Nebenbei murmelte er etwas vor sich hin.

»Die können uns doch nicht einfach so umbringen.« Merle stieß den Satz mit pfeifendem Atem aus und schien kurz vor einer Ohnmacht zu stehen.

»Keine Panik, das machen die ganz sicher nicht!«, beruhigte Ricardo sie. »Die bringen uns doch nicht um.«

Merles Atem beruhigte sich etwas und sie fing laut an zu beten. »Jesus, bitte hilf uns aus dieser Situation heraus. Schick uns jemanden, der uns hilft. Ich bitte dich.«

Ricardo nickte. »Hilfe können wir echt gebrauchen. Dieser Miguel weiß doch gar nicht, was er tun soll. Nicht, dass der noch ausflippt. Und diesen Boss sehe ich auch nirgendwo.«

Zoe hob ihr Gesicht aus dem Fell ihrer Katze und fragte entmutigt: »Wer soll uns hier denn helfen? Diesen bescheuerten Platz kennt doch keiner, oder hat schon mal jemand im Camp davon erzählt?«

»Wir bekommen bestimmt bald Hilfe.« Das Gebet hatte Merle Zuversicht gegeben und ihre Stimme hatte wieder einen festeren Klang. Beim Beten hatte sie noch einmal die Situation in Japan vor Augen gehabt. Damals waren sie von Grabräubern durch die dunklen Gänge eines Kaisergrabes gejagt und gefangen genommen worden. Dort hatte Jesus auch für Hilfe gesorgt und sie aus den Fängen der fiesen Schatzräuber befreit. Auch diesmal würde er sie ganz sicher nicht im Stich lassen.

Miguel zog derweil weiterhin aufgeregt seine Runden und bellte immer mal wieder etwas auf Spanisch zu seinen Handlangern.

Paola blickte ihren Bruder finster an und schwieg. Aber ihre Augen schienen Flammen zu werfen.

Ricardo dachte darüber nach, was Miguel wohl angetrieben hatte, sein Leben so völlig aus dem Ruder laufen zu lassen. Denn wenn man mit Drogen dealte oder einem Drogenboss beim Verstecken der Drogen half, war das Leben doch aus dem Ruder gelaufen, oder etwa nicht? Wie sollte es für Paola weitergehen, wenn ihr Bruder ins Gefängnis kam? Aber das war ja nicht sein Problem. Zuerst mal mussten sie aus dieser chaotischen Situation rauskommen. Ricardo raufte sich die Haare und blickte sich ratlos um. Ein Wunder wäre jetzt genau das, was sie bräuchten.

Die Typen starrten, reglos wie die Kaninchen vor der Schlange, Miguel an und warteten geduldig ab. Sie sprachen auch nicht miteinander.

Der Mond war längst hinter den Felsen verschwunden und die Morgendämmerung begann, den Platz in ihr weiches Licht zu tauchen. Auf einmal weckte etwas am anderen Ende des Platzes Ricardos Aufmerksamkeit. Er blickte genauer hin. Das konnte doch nicht sein. Spielten ihm seine Augen etwa einen Streich? Plötzlich ging alles ganz schnell.

KAPITEL 10

EINE UNERWARTETE WENDUNG

Kyra wachte auf und wusste erst nicht, wo sie war.

»Ach ja, die Hütte auf La Palma.« Sie rollte sich auf die andere Seite und kuschelte sich in ihre Decke. In diesem Moment war draußen ein Poltern und Fauchen zu hören, begleitet von einem deftigen Fluch auf Spanisch.

»Was ist da los?«, murmelte Kyra verschlafen. Mit einer Hand schaltete sie die Nachttischlampe an und setzte sich auf. »Blue?«

Sie überlegte, ob die Katze den Lärm verursacht haben könnte. Mit einem Satz sprang Kyra aus dem Bett. Ja, das war ganz sicher Blue gewesen. Aber da die Katze ja nicht sprechen konnte und schon gar nicht auf Spanisch fluchen, war die Katze definitiv nicht allein draußen. Und überhaupt, wie sollte sie eigentlich rausgekommen sein? Schließlich hatte sie die Tür doch abgeschlossen. Ganz sicher! Kyra rannte zur Haustür und zog an der Türklinke. Mit einem Ruck sprang die Tür auf und sie taumelte zurück. Während Kyra noch über diese verblüffende Tatsache nachdachte, hörte sie wieder ein Fauchen.

»Blue!«, rief Kyra und fegte um die Ecke. Ihre langen Haare flatterten wie eine Fahne hinter ihr her. Es war gar nicht so leicht, im fahlen Licht des Mondes etwas zu erkennen. Aber doch, da war etwas. Eine vermummte Person schlich durch das Lager und trug etwas unter dem Arm. Was war das? Ein klägliches Maunzen ertönte und Kyra begriff, was die Person dort forttrug. Eine Box. Eine Box, in der Blue eingesperrt war. Jemand klaute die Katze!

»Hola!«, schrie Kyra und rannte hinterher. Aber bald schon konnte sie die Person nicht mehr sehen, und auch Blue machte keinen Mucks mehr.

Das Lager schlief noch tief und fest, und Kyra stand nach Atem ringend an einem Baum. Mit beiden Händen hielt sie sich die Seiten. Das durfte doch nicht wahr sein. Wer klaute denn bitte schön eine Katze? Blue war Zoes Katze, und Kyra sollte auf sie aufpassen. Sie musste etwas unternehmen und das konnte definitiv nicht bis morgen früh warten.

»Ich muss Onkel Gregor holen!« Kyra stieß sich von dem Stamm des Baumes ab und lief los. Als sie schnaufend an der Hütte ihres Onkels ankam und vehement an die Tür klopfte, hatte sie das Gefühl, dass sie aus der Haut fahren würde, wenn er nicht sofort öffnen würde. Aber nichts passierte. Wieder klopfte sie. Ohne Erfolg. Kyra starrte die Tür eine ganze Weile ratlos an, dann blickte sie auf ihre Uhr.

»Es ist schon gleich sechs. Wow, das hätte ich jetzt nicht gedacht.« Sie lief ums Haus herum und klopfte an alle Fenster. Aber die Hütte erwachte nicht aus ihrem Schlaf. Alle Fenster blieben dunkel, und von ihrem Onkel war weit und breit nichts zu sehen.

»Toll, was hat er nochmal gesagt: ›Wenn du etwas brauchst, sag Bescheid.‹ Na, schönen Dank auch.« Kyra war mittlerweile wieder an der Tür angelangt. »Okay, dann eben Mieke. Wo war ihre Hütte nochmal?«

Aber auch Mieke war nicht da. Und als sich auch bei Tom nichts rührte, fiel es Kyra wie Schuppen von den Augen. »Oh nein, Mist, Mist, Mist! Die sind ja bei dem dämlichen Ausflug. Alle sind bei diesem dämlichen Ausflug!« Kyra stand mit hängenden Schultern vor Toms Hütte. Was sollte sie jetzt machen? Die Erwachsenen waren bei dem Ausflug, den sie anscheinend schon sehr früh am Morgen begonnen hatten. Kyra hatte da was in Erinnerung von Ebbe und

Flut, und dass sie früh starten mussten, um rechtzeitig vor Ort sein zu können. Und dann fiel ihr noch etwas ganz anderes ein. Es war früher Morgen und Zoe und der Rest der Freunde samt Paola waren noch nicht wieder zurückgekehrt. Das durfte doch alles nicht wahr sein. Sie musste Hilfe holen. Irgendjemanden. Um jeden Preis.

Plötzlich hörte Kyra ein Geräusch. Es kam aus Richtung der Küche. »Na klar, Gloria oder diese komische Francesca sind bestimmt hiergeblieben. Wieso bin ich da nicht gleich drauf gekommen?« Mit schnellen Schritten lief sie Richtung Küche. Als sie gerade nach der Tür greifen wollte, flog diese mit Schwung auf und eine singende Francesca trat heraus. Mit einem Ruck blieb sie stehen und starrte Kyra irritiert an.

»Que pasa?« Offensichtlich war die Köchin sehr irritiert, so früh am Morgen auf Kyra zu treffen, denn sie fragte auf Spanisch statt auf Englisch, was denn los sei.

Kyra wusste nicht so recht, ob sie ihr vertrauen konnte oder eher nicht. Immerhin war sie ja immer so mürrisch unterwegs und dass sie jetzt singend aus der Küche kam, passte überhaupt nicht zu ihr.

Kyra hob den Kopf und sagte ebenfalls auf Spanisch: »Ich brauche Hilfe!« Kyra sprach so schnell, dass ihre Stimme sich fast überschlug.

Aber Francesca verstand sie trotzdem. »Komm erstmal rein und dann erzählst du mir, was los ist und warum du Hilfe brauchst.«

Kyra wollte am liebsten an Ort und Stelle loslegen und alles erzählen, aber sie folgte Francesca in den Speiseraum und setzte sich neben sie auf eine der Bänke. Aufmunternd blickte Francesca sie an. Nachdem Kyra tief Luft geholt hatte, erzählte sie ihr von dem Raub der Katze, aber auch von dem See in der Höhle, dem Geheimnis, das herausgeholt werden sollte und davon, dass ihre Freunde immer noch nicht wieder zurückgekehrt waren. Beim Berichten fiel Kyra zuerst gar nicht auf, dass sie wirklich von ihren Freunden gesprochen hatte.

Im Laufe der Erzählung erbleichte die Köchin. »Das darf doch alles nicht wahr sein.« Mit einer Geschwindigkeit, die Kyra der Köchin gar nicht zugetraut hätte, sprang Francesca auf und sagte resolut: »Wir fahren jetzt zur Polizei.«

Kyra hob erstaunt den Kopf, aber dann nickte sie. Mit einer Hand zog die Köchin die verdutzte Kyra von der Bank und zog sie hinter sich her. Bei einem alten, zerbeulten Motorrad, das an einem Baum stand, stoppte sie und zog sich einen Motorradhelm an. Einen zweiten reichte sie Kyra und bedeutete ihr, auf dem Soziussitz Platz zu nehmen. Kyra war viel zu aufgeregt, um sich zu wundern.

Francesca startete und lenkte das alte Gefährt mit lautem Geknatter aus dem Camp. Die Dunkelheit wich dem ersten dämmrigen Licht des Tages und das Grau verwandelte sich mehr und mehr in das Grün der Pflanzen und das Blau des weiten Atlantiks. Sogar von hier oben waren die weißen Schaumkronen zu erkennen, die munter auf den Wellen tanzten.

Kyra hielt sich gut fest und das war auch besser so, denn die Köchin legte einen rasanten Fahrstil an den Tag. Francesca murmelte die ganze Zeit etwas vor sich hin, aber wegen des Fahrtwindes verstand Kyra nur Bruchstücke davon. Aber der Name von Gloria kam öfter vor. Was hatte das alles zu bedeuten? Wieso hatte die Köchin keine weiteren Fragen gestellt und wollte sofort zur Polizei fahren? Warum telefonierte sie nicht einfach? Wusste sie vielleicht etwas, das Kyra und die anderen nicht wussten?

Kyras Gedanken rasten. Sie hoffte, dass auch diese Sache ein gutes Ende nehmen würde. Denn irgendwie fing sie an, die Ferien bei ihrem Onkel zu mögen und sie hoffte, noch weitere mit ihm und den anderen verbringen zu dürfen. Kyra verstand sich selbst nicht mehr. Bisher hatte sie doch besonders Zoe gegenüber immer eine große Abneigung gehabt, und nun stellte sie fest, dass sie gerne ein Teil des

Team Blue wäre. Sie wollte, es wäre so, wie sie eben Francesca erzählt hatte. Sie wollte, Zoe, Ricardo und Merle wären ihre Freunde!

Aber bevor Kyra weiter über diese Erkenntnis nachdenken konnte, bremste Francesca abrupt ab und das Motorrad kam in einer dichten Staubwolke zum Stehen. Kyra rutschte vom Sitz und zog sich den engen Helm vom Kopf. Francesca stieg ebenfalls ab und klappte den Ständer aus. Mit geübten Händen zog sie sich den Helm ab und hängt, ihn über den Lenker. Kyra hängte den ihren auf die andere Seite.

»Vamos! Gehen wir.« Zielsicher stapfte die Köchin die Stufen eines kleinen Gebäudes hoch. Im Vorbeigehen las Kyra, was am Eingang stand: »Policia, Polizei«.

Francesca machte nicht viel Federlesens, sondern öffnete nach einem energischen Klopfen die Tür zur Amtsstube und trat ein. Der Polizist blickte sie erstaunt an, aber die Worte der Köchin prasselten wie Regentropfen in einem Sturm auf ihn ein. Kyra bekam ausnahmsweise nur die Hälfte mit. Als die Köchin fertig war, blickte sie den Polizisten fragend und auffordernd an. Den nächsten Satz verstand Kyra klar und deutlich: »Sie müssen etwas unternehmen, die Kinder sind in Gefahr!« Francescas Stimme hörte sich vor Aufregung noch viel kratziger an als sonst.

Der Polizist starrte die beiden einen kurzen Moment an, dann sprang er auf und rief etwas. Sofort trat ein Kollege hinzu. Kurz darauf saßen alle vier in dem Geländewagen der Polizei und brausten zurück.

Das Camp zeigte sich noch genauso einsam und verlassen wie vorhin. Keiner meldete sich nach dem Rufen der Polizei. Mit einem raschen Blick vergewisserte sich Kyra, dass auch die Hütte leer war. Kein Zeichen von ihren Freunden oder Paola. Ihr zitterten die Beine, was konnte da passiert sein?

Der Polizist bestand darauf, dass Kyra ihnen den Weg zur Höhle zeigte. Zum Glück hatte sie den Äußerungen der anderen gut zugehört, denn so hatte sie eine ungefähre Vorstellung von dem Weg, den sie nehmen mussten.

Die Polizei bestimmte, dass Francesca im Lager bleiben sollte, falls doch noch jemand vom Team sich dort blicken lassen würde. Die anderen drei machten sich auf den Weg.

Es ging besser, als Kyra gedacht hatte, und schon bald standen sie vor dem Eingang zur Höhle.

»Da drinnen?«, fragte einer der Polizisten ungläubig.

»Si!«

Während einer der beiden bei Kyra blieb, untersuchte der andere die Höhle. Aber er kam schon nach kurzer Zeit unverrichteter Dinge wieder raus.

»Da drinnen ist keiner.«

Kyra verstand die Welt nicht mehr. Wo waren die Freunde und Paola denn abgeblieben? Mit hängenden Schultern folgte sie den beiden Polizisten, die sich lautstark unterhielten. Aus ihren Worten entnahm sie, dass sie sich wohl zum Narren gehalten fühlten.

Kyra konnte es ihnen nicht verdenken. Sie wusste ja selbst nicht mehr, was sie glauben oder denken sollte. Aber die vier konnten sich doch nicht in Luft aufgelöst haben. Irgendwo mussten sie doch abgeblieben sein. Und was war mit Blue? Sie war ja auch nicht mehr auffindbar. An einer Wegkreuzung stutzte sie.

»Da hängt doch was im Busch.« Sie zerrte an den Ästen und blickte eine Weile ratlos auf das bunte Stück Stoff, dass sie daraufhin in ihren Händen hielt. Dann verstand sie: Das war Zoes Halstuch. Ganz sicher. Vor Kyras Augen tauchte Zoe auf, die sich mit Schwung das dünne Tuch um den Hals band. Sie musste es hier verloren haben. Oder vielleicht hatte sie es auch mit Absicht dort hingehängt. Was, wenn Zoe eine Spur hinterlassen wollte? Kyra zuckte zusammen. Dann waren ihre Freunde wirklich in Gefahr. Und überhaupt, war das hier nicht der Abzweig, der zu dieser gruseligen Lichtung führte? Die mit dem merkwürdigen Stein in der Mitte? Vor Schreck stieß sie einen Schrei aus. Die Polizisten drehten sich zu ihr um und schauten sie fragend an.

»Todo bien?«

»No!« Kyra war sich ihrer Sache ganz sicher. Nichts war gut, hier war eindeutig Gefahr in Verzug. Aufgeregt lief sie die wenigen Meter zu den Polizisten, die noch immer wie angewurzelt auf dem Weg standen. Anscheinend legten sie kein gesteigertes Interesse daran, den steilen Weg wieder hochzusteigen. Hektisch erklärte Kyra ihren Fund. Sie sprach so schnell, dass sie die Wörter nicht immer korrekt aussprach, schien sich aber verständlich machen zu können, denn nun endlich setzten sich die Beamten in Bewegung. Sie bogen in den schmalen Pfad ab, der zu der einsamen Lichtung führte.

Obwohl die Sonne noch immer nicht über die steilen Felsen geklettert war, wurde der graue Fels schon in ein erstes morgendliches Rostrot getaucht. Die Blätter der Bäume, die ganz oben auf dem Kamm standen, erstrahlten bereits in einem hell leuchtenden Grün. Es sah wunderschön aus, und irgendwie konnte sich Kyra bei diesem Anblick gar nicht vorstellen, dass hier etwas Schlimmes passiert sein könnte. Es wirkte doch alles so friedlich.

Doch in diesem Moment zogen die Polizisten ihre Waffen und bedeuteten mit Handzeichen, dass sie warten solle. Sie schienen etwas gesehen zu haben. Kyras Herz begann wie wild zu klopfen. Sie reckte den Hals, konnte aber nichts sehen. Vor ihr öffnete sich der schmale Pfad zu der Lichtung und die Sicht wurde durch den großen Felsen in der Mitte verdeckt. Es war zum Verrücktwerden, was sahen die beiden da vorne denn?

Als die Polizisten mit gezückter Waffe und den Worten: »Manos arriba!« auf die Lichtung sprangen und plötzlich ein wahnsinniges Geschrei losging, hielt Kyra es nicht mehr aus und flitzte zu dem

Felsen. Nebenbei schoss ihr der Gedanke durch den Kopf, dass sich *manos arriba* im Gegensatz zu *Hände hoch* echt ungewohnt anhörte. Aber die Wirkung war natürlich dieselbe, denn als sie auf die Lichtung spähte, sah sie, dass einige Männer ihre Hände hochhielten und ihre Waffen vor sich auf den Boden geworfen hatten. Auch aus dieser Entfernung war deutlich zu sehen, dass sie reichlich verdattert aussahen. Mit einer solchen Wendung hatten sie wohl nicht gerechnet.

Ein erleichtertes Lächeln breitete sich auf Kyras Gesicht aus und als sie ihre Freunde und Paola hinter den Männern entdeckte, schluchzte sie leise auf. Und was hatte Zoe da auf dem Arm? Konnte das denn sein? Tatsächlich, ihre Cousine drückte Blue an sich. Aber was war mit der Katze los? Sie hing ungewohnt leblos in Zoes Armen. Sie war doch nicht etwa tot? Nein, das durfte nicht sein!

Plötzlich zuckte Blue leicht mit dem Schwanz. Erstaunlicherweise konnte Kyra sich nicht mehr auf den Beinen halten und rutschte an dem Felsen in ihrem Rücken hinunter und ließ sich achtlos auf den Sand fallen. Nun waren alle in Sicherheit. Was für ein Glück.

In diesem Moment hörte sie laute Rufe hinter sich. Es waren mehrere Leute, die da riefen, aber Kyra war sich sicher, dass eine Stimme davon ihrem Onkel gehörte.

Schnell stand sie auf und rief: »Hallo, wir sind hier. Hallo!« Tatsächlich, da kamen auch schon Onkel Gregor, Tom und Mieke angerannt. Hinter ihnen kamen noch andere vom Camp, die Kyra aber nicht mit Namen kannte.

»Was ist hier los, wo sind die anderen?« Dr. Balter hatte hektische rote Flecken im Gesicht und war vor Angst und Sorge ganz aufgeregt. Kyra zeigte mit der Hand hinter den Felsen und wollte gerade mit einer Erklärung ansetzen, als auch schon alle an ihr vorbeigerannt waren und auf die Lichtung stürzten. Auch Kyra setzte sich in Bewegung und folgte ihrem Onkel und den anderen. Die Polizisten hatten den Verbrechern bereits Handschellen angelegt und die Waffen eingesammelt. Gerade trieben sie die Männer vor sicher her. Tom und einige der Männer vom Camp halfen ihnen dabei.

Dr. Balter hielt Zoe und Merle im Arm und Mieke sprach mit Ricardo. »Was ist hier eigentlich passiert?«, fragte sie und blickte noch immer fassungslos den Männern hinterher.

Paola stand mit hängenden Schultern neben Ricardo. Tränen liefen ihr über das Gesicht. Kyra trat dazu und legte spontan ihren Arm um das Mädchen. Zoe blickte ihre Cousine erstaunt an. Nun wandte sich auch Mieke zu Paola und reichte ihr ein Taschentuch.

»Das möchte ich auch gerne von euch wissen.« Dr. Balters Gesichtsfarbe normalisierte sich bereits wieder, aber aus seiner Stimme hörte man noch immer die Sorge um seine Tochter und ihre Freunde heraus. »Aber erst mal möchte ich diesen unwirtlichen Ort hier verlassen. Hier gefällt es mir ganz und gar nicht.«

Mieke nickte und meinte: »Merkwürdig, dass wir ihn nicht schon früher entdeckt haben.« Aufmerksam blickte sie sich um. »Er scheint sehr alt zu sein. Ich tippe auf einen der alten Opferplätze der Benahoaritas.«

Zoe presste bei diesen Worten ihre Katze noch fester an sich, die aber mittlerweile wieder so munter war, dass sie leise maunzend protestierte. »Ich glaube, das wird eine längere Geschichte.«

Ricardo hatte sich wieder so weit gefasst, dass er Kyra schelmisch anblickte und meinte: »Wir haben echt um ein Wunder gebeten, aber ich hätte nie gedacht, dass das Wunder deinen Namen tragen würde.«

Dieser Kommentar brachte alle zum Schmunzeln und als Ricardo ihn nochmal auf Spanisch wiederholte, breitete sich auch auf Paolas Gesicht ein leichtes Lächeln aus.

»Ach, und Merle«, sagte Ricardo. »Das war echt stark, wie du dich befreit hast und zu Zoe gerannt bist.«

Merles Wangen röteten sich leicht.

Zoe strahlte Merle an und meinte: »Das ist wahr. Das war echt sehr cool. Danke!«

Zurück im Camp stellten sie fest, dass schon Verstärkung vor Ort war und sich um alles gekümmert wurde. Die Verbrecher saßen im Polizeiwagen, der sich gerade in Bewegung setzte. Zwei der Beamten verblieben im Camp. Sie sprachen gut Englisch und wollten sich die ganze Sache nochmal genau anhören und alles protokollieren. Also gingen alle in die Küche, in der Francesca schon für frische Getränke gesorgt hatte. Abwechselnd erzählten die drei Freunde, Kyra und auch Paola von ihrem Abenteuer. Kyra übersetzte Paolas Teil für Dr. Balter, Mieke und Tom.

»Das gibt es doch nicht«, war das einzige, was Dr. Balter immer wieder leise murmelte.

Als sie den Teil mit dem unterirdischen See und dem geheimnisvollen Paket erzählten, unterbrach ein Beamte sie und meinte: »Das war Kokain. Wir haben das schon mit einem Schnelltest überprüft.«

Nun nahmen die Gesichtszüge von Dr. Balter eine geisterhafte Blässe an. In was waren seine Tochter und ihre Freunde da nur hineingeraten? Und was hätte alles passieren können? Er mochte es sich nicht weiter vorstellen und fragte stattdessen nach den Einbrüchen, den Schmierereien an den Felsen und nach Blue. Auch darüber hatten die Beamten schon etwas aus den Verbrechern herausbekommen.

»Das galt ihrem Camp hier, Dr. Balter. Die Männer wollten damit vorgaukeln, dass es die Altkanarier, bzw. eine Gruppe von Menschen, die sich für ihre Nachfahren halten, noch gibt. Sie wollten damit Druck aufbauen und sie vertreiben, damit sie wieder ungestört ihren Drogengeschäften nachgehen können. Sie fühlten sich durch die Arbeiten an den Felsen von ihnen gestört. Der Mann, der sich für die Entführung der Katze verantwortlich gezeigt hatte, hat glaubwürdig behauptet, dass er sie lediglich betäubt hat und nie die Absicht hatte, ihr wirklich Leid zuzufügen oder sie gar zu opfern.«

Zoe schnaubte laut. Das konnte man hinterher ja immer behaupten.

»Er wollte Angst verbreiten und hoffte, dass die Kinder die Katze auf der Lichtung finden würden. Schließlich kannte zumindest ihre Nichte diesen Ort.«

Alle blickten überrascht zu Kyra, die daraufhin errötete. »Ich bin nicht dazu gekommen, euch davon zu erzählen.«

Der Polizist räusperte sich und fuhr dann fort: »Dieser Mann hatte wohl schon eine ganze Weile versucht, der Katze habhaft zu werden. Außerdem hat er wohl auch mehrmals in der Hütte der Kinder eingebrochen und dabei eine Sonnenbrille gestohlen.«

Dr. Balter verstand die Welt nicht mehr. Das reinste Chaos.

Dann fuhr der Beamte fort: »Paola, dich wird es interessieren, dass dein Bruder noch nicht lange dabei war. Auch er hat bestätigt, dass er euch nichts antun wollte. Er war sehr überrascht, dich mit den anderen anzutreffen, und war wohl mit der ganzen Situation überfordert.«

»Das kann ich mir vorstellen«, murmelte Ricardo.

Dr. Balter sprang auf, tigerte in der Küche auf und ab und rief dann: »Aber immerhin hat er die Kinder und auch seine eigene Schwester quasi entführt und an diesen einsamen Ort gebracht.«

Mieke zog ihn wieder zurück an seinen Platz. »Komm, wir hören mal, was Señor Álvarez uns weiter zu berichten hat.«

Es war erstaunlich, wie viel die Polizisten schon aus den Männern in der kurzen Zeit herausgebracht hatten. Jedenfalls erfuhren sie, dass alle von einem Drogendealer von Teneriffa angeworben worden waren. Bei dem Geld, das ihnen geboten worden war, hatten sie nicht nein sagen können.

Nach der Übersetzung durch Kyra hielt Paola beschämt den Kopf nieder. Auf was hatte sich ihr Bruder da eingelassen? Aber da kam ihr ein Gedanke. Leise flüsterte sie: »Sicher ging es ihm um das Haus. Er wollte es gerne kaufen, damit wir beide dort wohnen bleiben können und nicht nach Santa Cruz ziehen müssen. Er weiß, dass ich nicht gerne in der Stadt leben möchte. Er hat es bestimmt für mich getan.«

Während Ricardo den Arm um ihre Schultern legte, übersetzte Kyra eilig für die anderen.

»Der Zweck heiligt aber nicht die Mittel«, sagte Señor Álvarez streng. »Und glaub jetzt bloß nicht, du wärst irgendwie verantwortlich. Das geht allein auf seine Kappe.«

In diesem Moment räusperte sich Francesca: »Ich muss etwas gestehen.« Alle blickten sie fragend an. »Gloria ist gar nicht meine Schwester. Sie hatte mich gebeten, das zu behaupten, damit sie diesen Job hier bekommt. Sie hätte ihn bitter nötig, hatte sie mir gesagt. Und sie hat mir auch die Legende von dem Cuervo erzählt. Ich kannte die gar nicht. Tut mir leid.« Bei diesen Worten war die Köchin rot angelaufen und verschwand eilig in der Küche.

Mieke fuhr sich mit der Hand durch ihr Haar und seufzte: »Das Puzzle wird immer vollständiger. Gloria muss die Spionin gewesen sein. Sie hat uns und das Lager ausspioniert und den Verbrechern sicher auch das neue Versteck für unsere Gerätschaften verraten. Passend dazu ist sie noch immer verschwunden. Warum, wenn sie nicht Dreck am Stecken hat?«

Das klang für alle sehr logisch, war aber natürlich noch kein Beweis.

Als die Polizisten das Lager verlassen hatten, wurde es etwas ruhiger. Nach einem kurzen Imbiss, den Francesca ihnen servierte, erzählte auch Kyra, was sie mit der Katze erlebt hatte und wie sie Zoes Tuch gefunden hatte. Es wurde ein langer Vormittag. Irgendwann fragte Zoe, wieso denn ihr Vater und die anderen nicht auf dem Ausflug waren.

»Ganz einfach«, sagte Mieke. »Ich habe den Tag verwechselt.«

KAPITEL 11

VERGEBUNG

In den nächsten Tagen dachte keiner im Camp so wirklich an die Arbeit, und auch die Suche nach der Krönungspyramide wurde nicht weiter geplant. Zu groß war die ganze Aufregung gewesen. Die Freunde und auch Kyra waren nicht böse drum, denn so konnten sie den Rest der Ferien eine ruhige Zeit auf der Insel verbringen. Mit Mieke planten sie Ausflüge und Aktivitäten. Paola blieb noch einige Tage im Camp. Ihre Großeltern waren der Ansicht, dass sie so erstmal Gelegenheit dazu bekäme, die ganzen Erlebnisse sacken zu lassen und eine friedliche und schöne Zeit mit ihren neuen Freunden verbringen zu können. Danach würde sie zu ihnen nach Puerto de Tazacorte ziehen und dort auch zur Schule gehen.

»Ich konnte mit meinem Bruder sprechen. Er hat mir erklärt, dass er es wirklich nur für mich getan hat.« Paola lächelte zu ihren Worten. »Er hat mir versprochen, dass wir wieder zusammenwohnen werden, wenn er wieder auf freiem Fuß ist. Er möchte sich eine richtige Arbeit suchen.«

Ricardo blickte sie skeptisch an. »Glaubst du ihm das?«

»Ja. Und ich habe ihm die Sache mit der Höhle auch schon verziehen.«

Kyra übersetzte zügig und öffnete dabei eine Colaflasche.

»Das ging jetzt aber schnell«, wunderte sich Zoe.

Aber Merle fand das so genau richtig. »Vergebung ist doch total wichtig. So können die beiden ganz neu anfangen.«

Ricardo hob überrascht den Kopf. »Das klingt echt stark.« Merle lächelte ihn an.

Für sie war Verzeihen und Vergeben etwas zutiefst Christliches und gehörte zu ihrem Leben dazu. Kyra brummelte nur etwas und schlürfte an ihrer Cola.

Dr. Balter unternahm alles, damit sich in den folgenden Tagen auch wirklich Ruhe und Entspannung einstellte. Er unterstützte die Pläne der Freunde. Von einer Ausflugsfahrt auf einem echten Segelschiff mit der Sichtung von Delfinen über eine Wanderung auf den Grat eines alten und längst erloschenen Vulkans bis hin zu vielen Badetagen an den wunderschönen Buchten der Insel.

Merle fand tatsächlich noch den Mut und fragte Mieke nach guten Möglichkeiten zum Schnorcheln. Und Superwoman kannte sich, wie von Zoe vorhergesagt, auch bei diesem Thema gut aus. So kam es, dass Merle sich mit Flossen und Schnorchelbrille ausgerüstet zwischen ihren Freunden im Meer wiederfand. Und erstaunlicherweise gefiel es ihr sehr. Selbst Kyra war mit von der Partie. Das Meer war an diesem Tag sehr ruhig, und so konnten sie direkt bis an die Unterwasserfelsen der Küste schwimmen und dort ausgiebig schnorcheln. Sie ließen sich von den sanften Wellen tragen und Merle traute sich sogar, wie Zoe und Ricardo auch, zu dem sandigen und von Muscheln übersäten Boden zu tauchen.

»Wow, bist du mutig! Ich traue mich das nicht«, war Kyras Kommentar dazu.

Als sie wieder an Land war und ihre Taucherbrille abgezogen hatte, staunte Merle: »Das war wunderschön. So viele bunte Fische, so viel Leben.« Dann drückte sie Kyra mit den Worten »Hier, für dich« eine wunderschöne Muschel in die Hände.

Kyra drehte sie hin und her. »Seht mal, die glänzt und schillert ja perlmuttfarben! Danke schön, Merle.«

Am Sonntag kam der Dorfpfarrer von Garafia zu ihnen hinaus und feierte mit den Mitarbeitern im Camp einen wunderschönen Gottesdienst unter freiem Himmel.

»Das war ein richtiger Felsengottesdienst«, schwärmte Merle.

»That's right«, bestätigte Tom.

Als Dr. Balter und Mieke die Freunde und Kyra nach einigen Tagen zum Flughafen brachten, waren sie traurig, dass die Zeit auf La Palma schon vorbei war. Aber Mieke tröstete sie. »Keine Angst, wir sehen uns bald wieder, und wer weiß welches Abenteuer ihr dann wieder erleben werdet.«

Dr. Balter zuckte sichtlich zusammen und meinte: »Oh bitte nicht. Versteht mich nicht falsch, ihr könnt gerne die Ferien bei mir verbringen, aber die Abenteuer lasst bitte zu Hause.«

Bei diesem Satz mussten alle kichern.

Dr. Balter umarmte Zoe und die Freunde. Dann streichelte er Blue, die wohl behütet in ihrem Katzenrucksack saß, über den Kopf. Auch Mieke drückte die Kinder herzlich.

Als das *Team Blue* die Sicherheitskontrolle hinter sich gelassen hatte, hakten sich Ricardo und Merle bei Zoe unter.

Merle blickte über ihre Schulter zurück, hob ihren rechten Arm und blickte Kyra auffordernd an: »Komm schon.« Freudig schloss Kyra zu ihnen auf und hakte sich bei Merle unter.

Dr. Balter und Mieke standen hinter dem Absperrband und blickten den Freunden hinterher. Zoes Vater lächelte still vor sich hin. Endlich!

KAPITEL 12

LA PALMA

… heißt mit vollem Namen *La Isla de San Miguel de La Palma* und ist die fünftgrößte der sieben Kanarischen Inseln im atlantischen Ozean und Teil der autonomen Kanarischen Gemeinschaft. Obwohl sie nur 417 Kilometer von der Nordwestküste Afrikas trennt, gehört sie zu dem über 1300 Kilometer entfernt liegenden Spanien. La Palma ist rund 45 Kilometer lang und 27 Kilometer breit. Mit ihren 708 Quadratkilometern Grundfläche und ihrer höchsten Erhebung von über 2400 Metern ist sie die steilste Insel der Welt. Ihre Landschaft ist felsig und sehr waldreich. Wegen des Waldbestandes von über 40 Prozent wird sie auch die Isla Verde, die grüne Insel genannt.

La Palma ist vulkanischen Ursprungs und dementsprechend wird ihre Landschaft von Vulkankegeln und alten Lavafeldern geprägt. Die Strände auf La Palma sind aus schwarzem Sand oder Steinen. Bei einem Vulkanausbruch 2021 wurden über 2700 Häuser und eine riesige landwirtschaftlich genutzte Fläche zerstört.

Das Klima ist sehr mild und Baden ist ganzjährig möglich. Nur auf dem höchsten Berg der Insel, dem Roque de los Muchachos, fällt in den Wintermonaten manchmal Schnee. Die vorherrschende Windrichtung ist der Nordostpassat. Er treibt die Wolken an die Nordostflanke der Insel, die sich dann in den höheren Lagen abregnen. Dadurch ist der Westen der Insel sonniger und deutlich regenärmer.

Die Insel wird durch den Inselgrat, der Cumbre, in einen West- und einen Ostteil geteilt. Vor allem im Norden La Palmas finden sich tief eingeschnittene Schluchten, die Barrancos. In der Mitte der

Insel liegt mit rund neun Kilometern Durchmesser einer der größten Senkkrater der Welt, die Caldera de Taburiente.

An den Hängen des Roque de los Muchachos befindet sich auf 2400 Metern eines der weltweit wichtigsten Observatorien. Viele europäische Länder sind hieran beteiligt. Um weiterhin eine gute Sicht und damit gute Forschungsmöglichkeiten zu bewahren, wurde 1988 ein Gesetz zum Schutze La Palmas vor Lichtverschmutzung erlassen.

Die Besiedlung der Kanaren soll im 1. Jahrtausend vor Christus stattgefunden haben. Ab dem 3. Jahrhundert nach Christus sollen die wirtschaftlichen Beziehungen und Kontakte in den Mittelmeerraum und sogar zwischen den einzelnen Kanarischen Inseln abgebrochen sein. Erst im 14. Jahrhundert nach Christus wurden die Inseln wiederentdeckt und von den Kastiliern erobert. Die Mehrzahl der Urbevölkerung wurde ermordet, versklavt oder starb an eingeschleppten Krankheiten. Die Überlebenden vermischten sich schnell mit den Eroberern und das Wissen über die Kultur der Altkanarier ging weitestgehend verloren. Die Petroglyphen kann man aber auch heute noch bestaunen, und manche Ortsnamen zeugen von der alten Kultur.

Auf den Spuren von Rosa Parks

Die 13-jährige Amy ärgert sich über den Busfahrer, der sie morgens zur Schule fährt, denn der ist nicht nur grob zu einem Mitschüler mit Behinderung, sondern auch zu anderen Fahrgästen mit Beeinträchtigungen. Jede:r ist doch mal auf Hilfe angewiesen!

Als Amy von Rosa Parks liest, beschließt sie ebenfalls etwas zu ändern und nimmt ihren ganzen Mut zusammen. Im Rahmen eines Referats in der Schule startet sie ein Experiment.

Eine Geschichte über Gleichberechtigung, Mut und Inklusion, für junge Leserinnen und Leser ab 10 Jahren.

Susanne Roll
Amy
Eine Busfahrt mit Folgen

gebunden, 149 Seiten
ISBN 978-3-7615-6920-7

Pflanzenerforscher, Erdnusserfinder, Menschenfreund

Missouri, um 1870. George ist klein, schmächtig und stottert obendrein. Als Sklave geboren und als Säugling verschleppt, wird er von einem Farmerehepaar aufgezogen und gefördert. Doch weil seine Haut schwarz ist, darf er nicht zur Schule gehen, bis in der Nachbarstadt eine Schule für Schwarze eröffnet wird: Nun hält ihn nichts mehr auf. Schon als Kind rettet er jede Pflanze und wurde bereits in jungen Jahren als Blumendoktor bekannt. Es gelang ihm, als einer der ersten Afroamerikaner zu studieren, als Professor für Botanik erfand er Methoden, um die Ernten armer Bauern zu verbessern und entdeckte über 300 Verwendungen für die Erdnuss. Georges Geschichte zeigt: Keiner ist zu klein oder zu schwach, um seinen Platz in der Welt zu finden. Eine wahre Geschichte für junge Leserinnen und Leser ab 10 Jahren.

Dagmar Petrick
Ein Professor für die Erdnuss
Das ungewöhnliche Leben des George Washington Carver

gebunden, 288 Seiten
ISBN 978-3-7615-6815-6

Bibliografische Information der Deutschen Nationalbibliothek:
Die Deutsche Nationalbibliothek verzeichnet diese Publikation in der Deutschen Nationalbibliografie; detaillierte bibliografische Daten sind im Internet über http://dnb.d-nb.de abrufbar.

Gesamtgestaltung: Grafikbüro Sonnhüter,
www.grafikbuero-sonnhueter.de unter Verwendung
von Bildern von © Tamara Kulikova, Chansom Pantip,
schankz, Kurit afshen, Volker Rauch, JJFarq,
R. Maximiliane, Dewin ID (shutterstock.com)
Lektorat: Anja Lerz, Moers
Verwendete Schriften: Adobe Garamond, Bungee
Gesamtherstellung: Finidr, s.r.o.
Printed in Czech Republic
ISBN 978-3-7615-6921-4

www.neukirchener-verlage.de